KB253777

꿈을 잊은 아버지가 꿈을 찾는 10대에게

윤태익의 Dreamer

꿈을 잊은 아버지가 꿈을 찾는 10대에게

윤태익의 Dreamer

지은이 윤태익

1판 1쇄 인쇄 2007년 8월 10일
1판 1쇄 발행 2007년 8월 20일

펴낸곳 (주)북이십일 21세기북스
펴낸이 김영곤
책임편집 오원실
기획편집 이상우, 김수연, 한세정
영업마케팅 윤지환, 최창규, 서재필, 정민영, 도건홍
디자인 디자인플랫 (02-337-9597)

등록번호 제 10호-1965호
등록일자 2000. 5. 6.

주소 경기도 파주시 교하읍 문발리 파주출판문화정보산업단지 518-3 (413-756)
전화 (031) 955-2117
팩스 (031) 955-2122
E-mail book21@book21.co.kr
홈페이지 www.book21.co.kr

값 9,000원
ISBN 978-89-509-1205-5 03810

* 잘못 만들어진 책은 구입하신 서점에서 교환해 드립니다.

꿈을 잊은 아버지가
꿈을 찾는 10대에게

윤태익의
Dreamer ★

윤태익 지음

★ 이 책을 읽기 전에

본문 중 '황금나비스쿨'이라는 단어가 종종 등장하는데, 이는 중학교 1학년부터 고등학교 3학년까지를 대상으로 한 '청소년자기계발 프로그램'이다. '황금나비'는 성인 대상 교육프로그램인 '나비(나로 비롯되는 변화)'의 청소년용으로, '꿈'을 이루기 위한 구체적인 방법과 더불어 동기를 부여하는데 초점을 맞추고 있다.

21세기북스

모든 청소년들이 '황금나비'가 되길 바란다

세상의 수많은 곤충 가운데 나비처럼 인간과 가까이 지내며 사랑받는 것도 드물 것이다. 나비는 열심히 산과 들 사이를 날아다니며 가루받이(바람, 곤충, 새, 또는 사람의 손에 의해 수술의 화분(花粉)이 암술머리에 옮겨 붙는 일)를 한다. 그렇게 나비는 꽃들에게 씨앗과 열매를 맺을 수 있는 꿈과 희망을 전해주는 전령사의 역할을 한다.

그런데 나비는 찬란한 날갯짓을 하기 위하여 '변태'라는 고통스러운 과정을 거치게 된다. 변태의 고통이 두렵다고 변화를 거부하거나, 중간에 포기하는 애벌레는 날개를 펴보지도 못하고 생을 마감하게 된다. 고통스러운 변태의 과정을 거친 애벌레만이 아름다운 날개를 가질 수 있는 것이다.

찰스 코언이라는 생물학자가 있었다. 그는 나비의 변태를 관찰하던 중, 바늘구멍만큼 좁은 곳을 비집고 나오는 나비가 안타까워 가위로 고치에 구멍을 내 주었다. 나비들은 넓은 구멍으로 쉽게

4

빠져나왔다. 그러나 잠시 후, 코언박사가 가위로 구멍을 잘라준 나비들은 창공으로 날아오르지 못하고 땅 위에 힘없이 뒹굴었다고 한다.

나비가 고치의 작은 구멍을 힘겹게 빠져나오는 것은, 앞으로 살아갈 힘을 얻기 위함이다. 좁은 구멍을 빠져나오려고 애쓰는 동안 그 몸통에서 액체가 나와 날개를 적시는데, 이 과정을 통해야 날개가 단련되어 날 수 있는 힘을 얻게 되는 것이다.

나는 '나비(나로부터 비롯되는 변화)'라는 산업교육 프로그램을 시작으로 지금은 청소년 자기계발 프로그램인 '황금나비스쿨'을 진행하고 있다. 황금나비란 꿈을 상징하는 '알'을 시작으로 열정을 상징하는 '애벌레', 도전과 인내를 상징하는 '번데기'의 과정을 몸소 체험함으로써 황금빛 아름다운 날개를 얻는 희망인, '나비'

로 상징되는 프로그램이다.

'황금나비스쿨'에서의 경험을 통해 나는 청소년의 문제점을 알게 되었는데 그것은 꿈, 즉 목표를 가지고 있지 않다는 것이었다. 꿈은 지금 당장 이룰 수 있는 것도 있지만 긴 시간과 노력을 투자해야만 가능한 것도 있다. 하지만 꿈을 가지고 있는 사람과 그렇지 않은 사람의 미래는 다를 수밖에 없다. 나는 이 책을 읽은 청소년들이 자신의 숨겨진 능력을 깨닫고 꿈을 가지게 된다면 더 이상 바랄 것이 없다.

세상에는 공짜가 없다. 꿈과 희망의 상징인 나비가 되기 위해서 알과 애벌레 그리고 번데기 과정을 반드시 거쳐야 한다. 도전과 인내로 만들어내는 변화를 통해서만 자신의 틀을 깨고 나올 수 있는 것이다.

고치 속에 갇힐 것인가, 멋진 나비가 되어 훨훨 날 것인가는 순전히 자신에게 달려있다. 모든 답은 내 안에 있으며, 또한 '나에게서 비'롯 된다. 그것을 깨닫는 것이 바로 '나비'이며; 찬란한 내일을 꿈꾸는 '황금나비'다. 이제 그 멋진 '나비여행'을 떠나보자!

윤태익

나에겐 나에게 맞는 꿈이 있다

로또는 6개의 숫자로 800만 개의 변수를 만들 수 있다. 사람은 남녀의 구분, 종족의 기원, 가문과 혈통, 그리고 체질과 혈액에 따라서 수백억 종류로 나뉜다. 그러므로 이 세상에서 동일한 인간이나 똑같은 캐릭터는 존재하지 않는다고 할 수 있다. 저마다 성격이나 기질, 추구하는 방향과 장단점이 다르다. 그러므로 자신의 꿈을 이루려면 무엇보다 자신을 알아야 한다.

여기서 '지피지기(知彼知己)면 백전불태(百戰不殆)'이라는 말이 적용되는 것이다. 하지만 이렇게 다양한 차이에도 불구하고 그 구성 원리에 따라 인간은 몇 가지의 기질, 혹은 체질로 뚜렷한 특징을 나타낸다. 히포크라테스는 인간의 체내에 있는 네 가지 체액(혈액, 황색담즙, 흑색담즙, 가래)에 비유하여 나누었는데 다혈질, 담즙질, 우울질, 점액질이 그것이다. 이러한 기질을 체질이란 의미로 집대성한 것이 우리나라의 이제마 선생이 창시한 '사상체질'이다. 그는 사람을 태양인, 소양인, 소음인, 태음인 등 네 가지로 나눈다.

《꿈을 잊은 아버지가 꿈을 찾는 10대에게 윤태익의 Dreamer》에서 저자는 인간을 머리형, 가슴형, 장형으로 구분한다. 저자가 가르치는 대로 살펴본다면 나는 머리형(brain centered type)이다. 즉 머리의 지식 에너지를 주로 사용하는 사람인 것이다. 그런 내가 고등학교를 공고를 갔다. 여기서부터 나의 인생착오가 생기기 시작한 것이다. 공고를 다니면서 꿀 수 있는 최고의 꿈은 현대자동차나 대우조선에 가서 자동차를 조립하거나 선박건조를 위해 용접하는 일을 통해 명장이 되는 것이었다. 그런데 나는 너무 체격이 작았고, 체질도 약했다. 그러니 그 힘든 일을 견디어낼 재간이 없었다.

내가 문과로 방향을 바꾼 것은 서른이 넘어서였다. 누군가가 미리 나에게 그런 것들을 알려주었다면 13년이란 세월을 낭비하지는 않았을 것이다. 그러므로 꿈을 정하기 전에 나를 먼저 알아야 한다는 저자의 말에는 매우 중요한 진리가 있다.

자신만의 장점은 누구보다도 본인 스스로가 제일 잘 알고 있다. 자신의 장점을 발견하고 그것을 최대한 발전시키는 것만이 그 꿈에 다가갈 수 있는 유일한 방법이다. 꿈은 인생이라는 바다를 항해할 때 방향을 잡아주는 방향키 같은 것이라는 저자의 말에 동의

한다. 꿈이 없는 삶은 바다 위를 떠도는 배와 같기 때문이다. 비바람을 이겨내고 험난한 바닷길을 열어가게 만드는 것, 그것이 바로 꿈이다. 꿈은 인생을 살아가는 데 최고의 연료이며 식량이기 때문이다.

어디로 가야할지 정하지도 않고 무턱대고 공부하는 친구보다 목표를 정하고 가는 친구가 훨씬 더 빠르게 성공한다. 또 나는 어떤 성격의 사람인지를 파악한 뒤, 에너지를 집중하면 남들보다 더 크게 성공할 것은 당연한 이치가 아닐까?

김재헌

「16살 네 꿈이 평생을 결정한다」, 「17살 네 인생의 지도를 펼쳐라」의 저자

Contents

1장 이제까지 몰랐던 **내 자신**을 알다

Contents

4장 열정은 **도전**의 원천이다

이제까지 몰랐던
내 **자신**을 알다

청소년기에 가장 큰 고민은 무엇일까. 황금나비스쿨을 진행하면서 만난 친구들의

가장 큰 고민은 미래와 진로에 관한 것이었다. 미래는 누군가가 이야기 한 것처럼 운

명대로 사는 것일까? 나는 사람은 운명이 아니라 성격대로 산다고 생각한다.

타고난 성격에 따라 삶을 살아가는 에너지가 다르기 때문에 각각 다른 인생을

영위하게 되는 것이다. 청소년기는 이제 막 싹을 틔우는 시기이다.

이때 자신의 타고난 성격을 아는 것은 꿈을 찾아가는 결정적인 열쇠가 된다.

꿈은 날마다 변하며 순간순간 진화한다

 정해두는 일이 무의미하다고 생각하는 사람이 있을 것이다. 꿈은 대학에 들어가면서, 또는 대학에 들어간 뒤에 결정하는 편이 현실적이라고 말하는 사람도 있을지 모르겠다. 나이가 한두 살 먹고 학년이 올라감에 따라 성적이나 취향, 성격이 어떻게 바뀔지 알 수 없기 때문이다.

물론 꿈은 언제든지 바뀔 수 있다. 어른이 되어 생각해 보면 적어도 서너 번, 많으면 수십 번도 더 바뀌었다는 것을 알 수 있다. 하지만 꿈이 있는 것과 없는 것은 분명한 차이가 있다.

어릴 때는 대통령이나 미스코리아를 꿈꾸지만 자기 자신에 대해 객관적인 판단이 가능해질 나이가 되면 이런 이야기는 민망한 농담이 되고 만다.

황금나비스쿨에서 만난 친구들 역시 나이가 어릴수록 꿈이 거창하다. 초등학생들은 하버드대학교 총장, 세계 최대 기업의 CEO, 우주의 정복자까지 어마어마한 편차를 오가며 원대한 꿈을 이야기한다. 그러다 중학생이 되면 자동차 디자이너, 프로 기사, 치과의사 등으로 구체화되고, 고등학생이 되면 패션 코디네이터, 뮤지컬 배우, 성우, 옷가게 경영 등 더욱 세분화되고 현실화된다.

그런데 주변 여건에 흔들리지 않고 자신의 꿈을 고수하는 사람들이 있다. 물론 좋은 태도다. 역경에 굴복하지 않고 자신의 꿈을 지켜나가겠다는 의지는 매우 높이 살만하다. 그러나 꿈을 지키는 것 자체에 마음이 매여 그것을 진화, 발전시키지 못한다면 퇴보나 다름없다. 진보하는 것이 당연한 성장과정에서 옛것만 고수하고 있다면 결국은 도태되고 마는 것이다.

꿈을 찾아 그 여정을 떠날 때는 수시로 꿈을 점검하고 수정, 보완해 나가야 한다. 그렇게 여건과 현실, 자신에게 주어진 상황에 맞춰 다듬어야 보다 완벽하고 단단해서 흔들림 없는 꿈으로 재탄생하게 되는 것이다.

적성을 찾기에 앞서
자신의 성격을 알아야한다

꿈에 접근하기 위해서는 자신의 성향을 파악하는 것이 무엇보다 중요하다. 사람은 자신의 타고난 에너지를 사용하는 방식에 따라 크게 세 가지 타입으로 나눈다. 머리형, 가슴형, 장형이 그것인데, 이렇게 나누어진 세 가지 유형에 따라 개인의 적성과 진로, 인간관계가 달라진다. 부모님과 형제, 친구들, 선생님과의 관계가 모두 이 안에서 이루어진다고 해도 크게 틀리지 않다.

꿈을 찾아 도전하기 전에 나의 성격 유형을 알아두면 나는 어떤 사람이며 어떤 성격을 타고났는지, 어떤 일을 해나가야 좋을지 힌

트를 얻을 수 있다. 즉 자신의 성격의 특징과 적성을 이해하는 데
큰 도움을 받을 수 있다는 이야기다. 이처럼 자신을 이해하는 것
은 가깝게는 고등학교나 대학에 진학할 때, 멀게는 인생에 대한
비전과 꿈을 수립하는 데도 지침으로 활용할 수 있다. 나를 알고
내 성격을 알아야 내가 즐겁게 할 수 있는 일은 무엇인지, 내게 맞
는 학과와 직업은 어떤 것인지 알 수 있기 때문이다.

사람의 세 가지 유형

- **머리형** brain centered type : 머리의 지식 에너지를 주로 사용한다.
- **가슴형** heart centered type : 가슴의 감정 에너지를 주로 사용한다.
- **장형** body centered type : 아랫배 부근의 에너지를 주로 사용한다.

나의 성격을 알고 나면 자신의 타고난 재능을 활용할 수 있는
기회를 얻게 된다. 머리형, 가슴형, 장형의 근본적인 차이는 에너
지의 중심이 어디에 있느냐다. 물론 이것은 상대적인 차이를 드
러내는 것이다. 머리형이라고 해서 감정이 없는 것도, 장형이라
고 해서 이성적인 사고를 하지 않는 것은 아니다. 하지만 중심을
어디에 두느냐에 따라 가치의 우선순위나 그에 따른 행동의 순서
가 달라지기 때문에 주의 깊게 살펴보면 적잖은 도움을 받을 수
있다.

　이성적 판단을 중요시 여기는 머리형은 상황과 정보를 먼저 찾고, 감정을 중시하는 가슴형은 위안과 공감에 우선순위를 둔다. 반면 장형은 행동과 결과를 최고로 한다. 성격의 차이란 다시 말해서 어떤 가치에 우선순위를 두고 있느냐의 차이인 셈이다. 바로 그 가치에 따라 욕구가 달라지며 준비하는 방법과 위험에 대처하는 것 또한 그러하다. 바로 이런 차이를 두고 우리는 '성격이 다르다' 고 말하는 것이다.

● **세 가지 유형의 특성**

	머리형	가슴형	장형
상징단어	이성파, 계획파	감성파, 낭만파	행동파, 기분파
주요관심	상황, 정보	위안, 공감	행동, 결과
욕구	안정에 대한 욕구	인정에 대한 욕구	지배, 통제에 대한 욕구
의사결정	결정해 달라는 게 별로 없음	다른 사람이 결정해 주기를 원함	혼자 다 결정하려고 함
잘 듣는 말	조용하네요	애교가 많네요	어른스럽네요
잘 쓰는 말	내버려두세요	해 주세요	내가 할래요
관계	수평적, 독립성	의존적, 친밀감	수직적, 상하관계
학교에서의 모습	똑 부러짐, 내성적임	사랑스러움, 애교 있음	자신감 있음, 강함
에너지 보충	수면	대화, 수다	음식 섭취

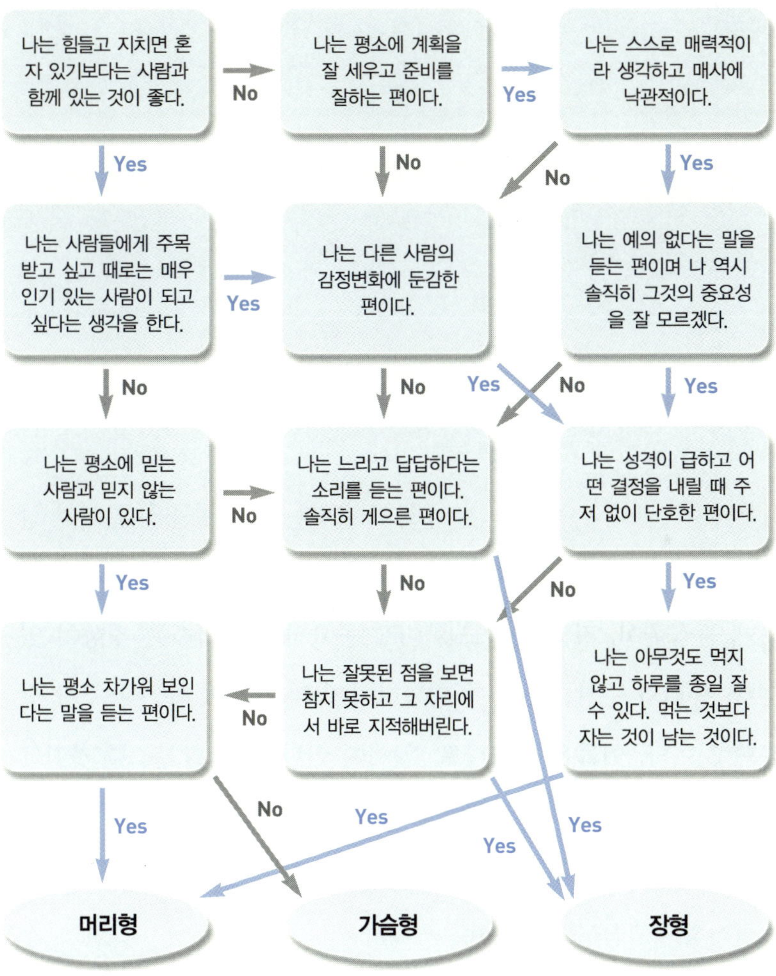

Start
나는 힘들고 지치면 혼자 있기보다는 사람과 함께 있는 것이 좋다.
No
나는 평소에 계획을 잘 세우고 준비를 잘하는 편이다.
Yes
나는 스스로 매력적이라 생각하고 매사에 낙관적이다.
Yes
나는 사람들에게 주목받고 싶고 때로는 매우 인기 있는 사람이 되고 싶다는 생각을 한다.
No
나는 다른 사람의 감정변화에 둔감한 편이다.
No
나는 예의 없다는 말을 듣는 편이며 나 역시 솔직히 그것의 중요성을 잘 모르겠다.
Yes
나는 평소에 믿는 사람과 믿지 않는 사람이 있다.
No
나는 느리고 답답하다는 소리를 듣는 편이다. 솔직히 게으른 편이다.
Yes
No
Yes
나는 성격이 급하고 어떤 결정을 내릴 때 주저 없이 단호한 편이다.
Yes
나는 평소 차가워 보인다는 말을 듣는 편이다.
No
나는 잘못된 점을 보면 참지 못하고 그 자리에서 바로 지적해버린다.
No
No
나는 아무것도 먹지 않고 하루를 종일 잘 수 있다. 먹는 것보다 자는 것이 남는 것이다.
Yes
Yes
Yes
Yes
머리형
가슴형
장형

전략과 준비성이 뛰어난
모범생, 머리형

 주로 사용하는 머리형들은 현재의 상황과 정보를 파악하는 데 의미와 흥미를 둔다. 이 친구들은 매사에 꼼꼼해서, 자료와 정보를 가장 중요하게 생각하는 경향이 있다. 논리와 주장의 근거를 확보하기 위해 알고자 하는 욕구가 강한 것이다. 이들은 한마디로 '알아야 한다' 는 생활신조를 가지고 모든 일에 대해서 학구적인 자세를 보인다.

합리적 사고방식이 돋보이는 기획자

머리형 친구들은 학자나 관찰자적 성향으로 전략의 귀재라거나 책사, 얼음공주 등의 별명을 얻는 일이 많다. 아인슈타인을 비롯해 이순신 장군, 바둑기사 이창호, 축구대표팀 홍명보 코치 등이 대표적인 머리형이다. 이들은 공과 사를 구분하는 합리주의적 사고방식으로 친구들 사이에서도 객관성을 유지한다. 그렇기 때문에 사소한 마찰에 대해 명쾌한 해답을 내려주기도 한다. 또 기획력과 아이디어가 풍부하여 학교에서 이루어지는 여러 가지 행사를 주도적으로 이끌어가기도 한다.

미래를 설계하는 꼼꼼한 자세

반면에 머리형 친구들은 심신의 안정과 안전에 대한 욕구를 가지고 있기 때문에 작은 일에도 불안해하고 초조함을 잘 느낀다. 가끔 혼자서 생각에 잠겨 있는 모습을 보면 소심하거나 우울해 보이기도 한다. 머리형 친구들은 과거나 현재보다는 미래에 관심이 많다. 그래서 앞으로 일어날 일에 미리 계획을 세우고 준비하는 데 많은 시간을 보낸다. 유비무환이나 돌다리도 두들겨보고 건너는 안전제일 자세에서는 머리형 친구들을 따라갈 수가 없다.

쌀쌀맞고 냉소적인 외톨이 많아

인간관계에 있어서 머리형 친구들은 주로 혼자 있는 시간을 편안해하며, 대인관계에서도 어느 정도 거리를 두고 사람을 대하기 때

문에 쌀쌀맞다는 느낌을 주기도 한다. 지적인 교만이나 오만이 냉
소적 태도로 드러나 보수적이고 배타적인 성향을 드러낼 때가 있
다. 이들은 다른 사람들과의 교류에 대해 소극적이며 자신의 마음
을 쉽게 열지 않는다. 그러다 보니 외톨이가 많다.

외모는 주로 왜소하거나 호리호리하며 다소 날카로운 이미지를
가지고 있다. 말투는 군더더기가 없고 차분하며, 자신의 의견을
조용히 조리 있게 말한다.

머리형에게 잘 어울리는 진로와 직업

지식을 배우고 활용하는 데 중심 가치를 두고 있기 때문에 자신의
분야를 가지는 전문직을 선택하는 것이 매우 유리하다.

학자, 연구원, 교수, 행정직, 벤처기업, 출판사업, 온라인 사업,
학원사업, 저술가, 프로그래머, 칼럼리스트, 그래픽 디자이너, 컨
설턴트, 마케팅 전문가, 광고기획자, 편집자 등이 있다.

● 머리형의 주요특징

성격	내성적, 차분함
외모	마르고 날카로운 이미지
별명	학자, 관찰자, 사상가, 컴퓨터, 모범생, 의심쟁이, 선비, 아씨 등
대표인물	아인슈타인, 스티븐 호킹, 빌 게이츠, 삼성 이건희 회장, 바둑기사 이창호, 영화배우 한석규, 이순신 장군, 율곡 이이, 국가대표 홍명보 코치, 햄릿 등
강점	강력한 집중력 전문가 수준의 지식과 식견 감정에 흔들리지 않는 절제력
어울리는 직업	학자, 연구원, 교수, 행정직, 벤처기업, 출판사업, 온라인 사업, 학원사업, 저술가, 프로그래머, 칼럼리스트, 그래픽 디자이너, 컨설턴트, 마케팅 전문가, 광고기획자, 편집자 등

인간관계를 소중히 하는 감성주의자, 가슴형

가슴형 친구들은 한마디로 풍부한 감성파라고 할 수 있다. 가슴형을 뜻하는 말로는 도우미, 낭만주의자, 멋쟁이, 휴머니스트, 수호천사, 약방의 감초 등이 있다. 가슴형 친구들의 주요 관심사는 타인과의 관계이다. 이 친구들은 주변 사람의 마음에 잘 공감하며, 내가 얼마나 좋은 이미지로 비춰질지에 대해 많은 관심을 가진다. 이들은 다른 친구들이나 선생님에게 인정받고 싶은 욕구가 커서 어떤 일을 하는 데 있어서도 누가 지시를 했으며, 누구와 함께 하는지에 따라 영향을 많이 받는다.

친구를 좋아하고 창조적인 성격

가슴형 친구들은 '인맥이 능력'이라고 생각하고 인간관계를 잘 맺기 때문에 주변에 늘 친구들이 많고, 사람에게서 에너지를 얻는다. 그래서 자신이 모임을 직접 주선하거나 주위 친구들과 교류하는 데 많은 시간을 들인다. 공부할 때도 친구들과 어울려 함께 해야 능률이 오르는 스타일이다.

이 친구들은 미적 감각도 뛰어나서 자신만의 작품을 만드는 데 아주 뛰어난 자질을 가지고 있다. 창의적이고 새로운 것을 찾아다니는 것을 좋아한다. 좀 엉뚱한 구석이 있긴 하지만 애교가 있어 늘 사랑받는 편이다.

감수성 풍부한 낭만주의자

가슴형 친구들에게서 빼놓을 수 없는 특징 중 하나가 바로 낭만주의이다. 이 친구들의 주요 시점은 과거에 있다. 그래서 지난 일들과 옛날 친구들을 생각하며 두고두고 그리워하거나 생각하는 경향이 있다. 좋은 친구를 만났을 때와 헤어졌을 때를 기준으로 행복과 불행이 좌우되기도 한다.

또 가슴형 친구들은 매우 감성적인 경향을 가지고 있다. 글을 쓰는 것도 좋아하고 생각이 많으며 감상에 젖는 것을 즐긴다. 비라도 오는 날이면 갑자기 우울해지는 것도 이 친구들의 특징이다.

매력적인 외모와 붙임성 있는 말투

가슴형들은 누구에게나 친절하고 다정한 친구의 이미지이다. 매력적인 외모 또한 이 친구들의 특징인데, 꼭 예쁘거나 잘생기지 않아도 왠지 끌리는 호감형들이 많다. 표정이 풍부하고 감정표현이 다채로워 함께 이야기를 나누는 사람까지 즐겁게 만들어 준다. 그래서 어디를 가나 사람들에게 호감을 주며 주목을 받는 편이다. 학기 초에 친구가 많이 생기는 사람들은 거의가 가슴형이다. 얼굴 이미지는 대체로 동글동글하고 부드러우며 말투도 애교가 있고 붙임성이 있다.

가슴형에게 잘 어울리는 진로와 직업

가슴형 친구들은 창조적인 일을 하는 데 중심 가치를 두고 있기 때문에 언제나 새로운 일을 찾아다닌다. 이런 성격을 십분 발휘해 다른 사람과 협력해서 성과를 이루어내는 일에서 진로를 찾는 것이 유리하다.

디자이너, 연예인, 방송인, 서비스직, 음식업, 패션사업, 매칭사업, 미용사, 자선사업가, 세일즈 매니저, 변호사, 아나운서, 예술가, 상담원, 영화제작자, 언어치료사, 코디네이터 등이 있다.

● **가슴형의 주요특징**

성격	사교적, 감성적
외모	둥글둥글하고 부드러운 이미지
별명	도우미, 수호천사, 싹싹이, 낭만주의자, 공주(왕자)병, 새침데기, 스타, 폼생폼사 등
대표인물	모차르트, 비비안 리, 마돈나, 마이클 잭슨, 패션 디자이너 앙드레 김, 거스 히딩크, 빌 클린턴 미국 전 대통령, 축구선수 안정환 등
강점	타인과 공감을 잘함 자신감과 긍정적 마인드 폭넓은 인간관계와 동기부여 능력
어울리는 직업	디자이너, 연예인, 방송인, 서비스직, 음식업, 패션사업, 매칭사업, 미용사, 자선사업가, 세일즈 매니저, 변호사, 아나운서, 예술가, 상담원, 영화제작자, 언어치료사, 코디네이터 등

카리스마 넘치는 보스 타입, 장형

장형 친구들의 주요 관심사는 힘과 자신의 영역 확보에 있다. 주어진 일을 처리하는 데 있어서도 행동이 앞서며, 눈에 보이는 결과를 중요하게 여긴다. 이 친구들은 강한 추진력과 도전을 통해 힘을 보여주고 자신의 영역을 확보해서 존재 가치를 인정받고자 하는 욕구가 강하기 때문이다. 이들은 에너지도 넘치는 편이어서 모든 일에 강력한 욕구를 갖고 임하기 때문에 끝없이 솟아나는 열정으로 쉬지 않고 일을 한다.

통솔력이 돋보이는 카리스마의 소유자

장형 친구들의 주요 시점은 현재에 머물러 있다. 머리형처럼 내일을 준비하거나 가슴형처럼 과거를 소중하게 돌아보기보다는, 오늘의 성과를 위해 노력하는 편이다. 놀 때도 친구들을 거느리거나 데리고 놀려는 성향이 강하고, 게임을 할 때도 수직적 상하관계를 추구한다. 삐치거나 떼를 쓰는 등의 성향은 없어 어른스럽게 분위기를 이끌어간다. 양보할 일이 있으면 서슴지 않고 양보하고 자신을 희생하기도 한다. 장형 친구들의 통솔력은 바로 이런 카리스마에서 나오는 것이다.

또래에 비해 배짱이 두둑하지만 화를 내는 단점

장형 친구들은 기질적으로 또래 친구들보다 배짱이 좋은 편이다. 낯선 사람 앞에서도 위축되거나 움츠러들지 않고 자신의 목소리를 낼 줄 아는 스타일이다. 인간관계에서도 지배하려는 욕구가 강해 조직에서 우두머리를 맡는 경우가 많다. 이들의 장점 중 하나는 분명한 목표의식 아래 진득하게 매진하는 힘을 갖고 있다는 것이다. 그러나 참을성이 약하고 흑백논리의 성향으로 일이 자신의 생각대로 풀리지 않으면 쉽게 화를 내거나 분노를 잘 터뜨리는 편이다. 공부에 있어서도 자기만족이나 인정을 받기 위해서보다는 부모님이나 선생님들이 '시키니까' 어쩔 수 없이 한다는 식으로 수동적인 태도를 드러낼 때가 많다.

과격해 보이지만 강한 정의감

장형 친구들의 말투는 화를 내는 것처럼 크고 직설적이며 체격과 행동이 큰 편이라 힘이 느껴진다. 어떤 친구들은 장형들의 이런 스타일이 과격하고 시끄러워서 피곤하다고 생각할 수도 있다. 하지만 이들은 '당연히 그래야지', '그런 건 기본 아니야?', '솔직하게 말하면……' 이라는 말을 자주 사용하며 언제나 자기 확신에 넘친다. 장형에 대한 다른 친구들의 반응은 두 갈래로 나뉜다. 장형의 카리스마에 굴복하거나 그의 성향을 있는 그대로 받아들이거나 품위가 없어 보인다면 외면하는 것이다. 그러나 장형은 그런 것까지도 별로 신경 쓰지 않는 것이 장점이자 단점이다. 또 거짓이 없고 약자를 보호하려는 정의감이 강해 따르는 사람이 많다 보니 외로움을 느낄 겨를이 없다.

장형에게 잘 어울리는 진로와 직업

장형 친구들은 용기와 도전하는 정신에 중심 가치를 두고 있기 때문에 시련을 통해 자신을 단련하고 성과를 이뤄내는 일을 좋아한다. 이런 성격의 친구들은 카리스마를 가지고 조직을 통솔하는 일에서 진로를 찾는 것이 유리하다.

사업가, 경영인, 경찰, 군인, 교육자, 감독, 세일즈맨, 건축업, 운송업, 투자가, 관리자, 정치인, 종교지도자, 운동선수, 기업 임원, 판사, 법률가, 교도관, 환경운동가 등이 있다.

● 장형의 주요특징

성격	적극적, 과격함
외모	체격이 크고 씩씩한 이미지
별명	보스, 카리스마, 독불장군, 고집불통, 빨리빨리, 솔선수범, 개혁가 등
대표인물	마틴 루터 킹 목사, 고르바초프 전 소련 대통령, 조지 부시 미국 대통령, 박정희 전 대통령, 노무현 대통령, 영화배우 송강호, 김혜수, 가수 김현정, 아나운서 이금희 등
강점	일관성과 끈기 강철 같은 의지와 추진력 약자를 보호하는 정의감과 책임감
어울리는 직업	사업가, 경영인, 경찰, 군인, 교육자, 감독, 세일즈맨, 건축업, 운송업, 투자가, 관리자, 정치인, 종교지도자, 운동선수, 기업 임원, 판사, 법률가, 교도관, 환경운동가 등

엄마 아빠와 나의 성격 궁합은 맞는 걸까?

나와 부모님의 성격은 잘 맞을까? 혹시 서로 다른 성격이라면 어떻게 맞춰가야 할까? 자꾸만 부모님께 반항하게 되고, 부모님의 잔소리가 끊이지 않는 것이 성격차이 탓은 아닐까? 부모님과 자꾸 마찰이 있거나 나의 공부하는 방법이 부모님이 요구하는 방향과 다르다면 나와 부모님의 성격궁합을 맞춰보는 것이 도움이 된다. 나와 부모님이 서로의 성격을 알면 각자의 특성과 다른 점을 이해하고 접근하게 되기 때문에 갈등의 소지를 줄일 수 있는 것이다.

부모님 역시 머리형, 가슴형, 장형으로 나눌 수 있는데 부모님

성격유형 테스트를 통해 나와 부모님의 성격 궁합을 맞춰보자.

우리 부모님은 어떤 유형일까?

Start

스트레스 받으셨을 때는 혼자보다 누군가와 함께 있기를 원하신다.	특별한 용건이 없으신 것 같은데도 친한 분들과 자주 전화통화를 하신다.	물건을 살 때에는 이것저것 따지지 않고 큰 돈이 들더라도 사신다.
아무것도 안 먹고 종일 주무시는 걸 본 적이 있다. 먹는 것보다 주무시는 걸 더 좋아하신다.	옷을 화려하게 차려입는 등의 방식으로 사람들에게 주목받는 것을 좋아하신다.	화나는 일이 있으면 참기보다는 그때그때 화를 내신다.
시간이 나면 서점에 가서 책을 보시곤 한다.	다른 사람을 많이 의식하신다. 사람들이 자신을 어떻게 생각하나 신경을 쓰시는 편이다.	감정을 표현하는 일을 굉장히 쑥스러워하신다.
누군가에게 화가 나면 감정적으로 대하지 않고 그냥 무시해 버리신다.	일이 해결되지 않아 힘들 때 누군가 마음을 알아주었으면 하신다.	해보지 않은 일에 대해서는 상상도 할 수 없다고 말씀하신다.
머리형	**가슴형**	**장형**

머리형과
세 가지 스타일의 부모님

 부모님도 머리형이라면 큰 갈등은 없다. 서로의 성격을 자연스럽게 받아들이기 때문이다. 그러나 부모님이 가슴형이라면 은근히 부담스러운 기분을 느낄 때가 많을 것이다. 장형 부모님이라면 권위적인 태도에 두려움을 느껴 쉽게 다가가지 못할 수도 있다. 그러나 성격 조합에는 모두 장단점이 있다. 각각의 차이를 알고 인정하는 태도가 가장 중요하다.

나도 머리형, 부모님도 머리형

머리형들은 부모님의 지나친 관심과 기대를 부담스러워한다. 다행히 부모님도 머리형이라면 부모님과 내가 서로 적당한 거리를 두고 대하려 하기 때문에 큰 갈등요소는 없다. 머리형들은 성장하면서 점차 부모님과 난해한 문제를 토론하는 등 대등한 인격체로 자립하고 싶어 한다. 하지만 부모님이 지나치게 어른스러움과 책임감을 강조해 도리어 더 큰 두려움과 부담감을 느낄 수 있다.

이런 조합은 가정환경상 사회성이나 대인교류 기술을 익힐 기회가 부족할 수 있으므로 학교를 비롯한 교회나 동호회 등의 단체 활동을 통해 사회성을 발달시키는 것이 좋다. 특히 자연스럽게 친구들과 어울릴 수 있는 캠프나 소모임에 참여해 보다 적극적으로 기회를 찾아볼 필요가 있다. 또 집에서는 부모님과의 대화 시간을 통해 서로의 친밀감을 높여주는 것이 좋은데, 정기적인 가족모임이나 대화의 시간을 갖자고 먼저 제안해 보는 것도 멋진 방법이다.

나는 머리형, 부모님은 가슴형

가슴형 부모님은 머리형 아이들의 특징인 침착성과 순응적인 태도를 매우 만족스러워한다. 그러나 수시로 나를 사람들 앞에 내보이려 하는 것은 참기 힘들다. 내가 대견하고 자랑스러워서 그러시는 줄은 알지만 영 어색하고 불편하다. 또 지나친 기대심리와 간섭 때문에 심리적 부담감을 느낄 때도 많다. 그러나 부모님의 이런 태도는 칭찬으로 편하게 받아들이는 것이 좋다. 일일이 신경 써서 말 하나하나를 지키려다 보면 스트레스만 받고 부모님에 대해 거부감을 갖게 될지도 모른다. 이럴 때는 웃는 얼굴이나 더 열심히 하겠다는 대답으로 부모님을 안심시켜 드리는 것이 좋다. 알고 보면 부모님은 나름대로 말이 없고 비밀스러운 나에게 서운한 것이 있을지도 모르기 때문이다.

부모님의 관심과 애정 표현 때문에 스트레스를 받을 정도라면 시험이 얼마 남지 않았으니 조용히 공부에만 열중하고 싶다거나, 혼자만의 시간이 필요하다고 말씀을 드려본다. 하지만 가슴형 부모들은 아이들의 말이나 행동 하나하나에도 쉽게 상처를 받기 때문에 웃으면서 다정하게 이야기해야 오해가 생기지 않는다.

나는 머리형, 부모님은 장형

당당한 성격의 장형 부모님은 머리형 아이들에게 존경의 대상이다. 하지만 의사소통이 원활하게 이루어지지 않으면 부모님을 권위와 두려움의 대상으로 느끼기 쉽다. 부모님이 장형이라면 아무래도 머리형인 내가 활동성과 자신감이 부족하다고 느낄 수 있다. 부모님이 종종 윽박지르거나 목소리를 높이는 것도 모두 이런 이유 때문이다. 하지만 그렇다고 해서 움츠러들 필요는 없다. 부모님은 꼭 나에게 화가 나 있다기보다는 성격이나 말투 자체가 그런

것이고, 내가 조금만 더 활발하고 쾌활하게 움직여주기를 바라는
것뿐이다. 부모님은 그것이 인생을 즐겁고 활기차게 사는 방법이
라고 생각하는 것이다.

　이럴 때는 보다 당당히 나의 원하는 바를 이야기하는 편이 낫
다. 내가 솔직하게 이야기하면 받아들여 주는 것이 장형 부모님의
장점이다. 부모님이 보는 앞에서는 착한 아이 노릇을 하고, 보이
지 곳에서는 과장되거나 부정적인 행동을 드러내는 것은 부모님
에게는 물론, 자기 자신에게도 해롭다는 것을 명심해야 한다.

가슴형과
세 가지 스타일의 부모님

가슴형 아이들에게 가슴형 부모는 좋은 친구가 된다. 하지만 부모님의 사랑에만 기대다 보면 자칫 의존적인 사람으로 성장할 수 있으므로 주의가 필요하다. 반면에 부모님이 머리형일 경우, 가슴형 아이들은 자신이 사랑받지 못하고 있는 듯한 느낌 때문에 괴로워하는 경우가 있다. 또 부모님이 장형이라면 나이가 들면서 왠지 모르게 반항심이 커질 수 있다. 부모님의 일방적인 권위에 저항하고 싶어지는 것이다. 사교적이고 적극적인 가슴형 친구들이 부모님의 입장을 이해하고 받아들이려 노력하면 짧은 시간 내에 큰 변화를 만들 수 있을 것이다.

나는 가슴형, 부모님은 머리형

부모님이 머리형인 경우 가슴형 아이들은 부모님이 무관심하다고 여길 때가 많다. 부모님께 애교도 부리고 다정하게 대화하며 친구처럼 다가가고 싶지만 왠지 받아들여지지 않는다는 느낌이 들어 절망감을 느끼는 경우가 있다. 하지만 부모님은 나를 사랑하지 않는 것이 아니라 내가 너무 의존적인 사람으로 자랄까봐 걱정하고 있는 것이다. 머리형 부모님 역시 자녀가 애교를 부리거나 사랑스럽게 굴 때는 마음속에 사랑이 넘치지만 성격상 잘 표현하지 못하는 것뿐이다.

부모님은 나를 하나의 인격체로 존중해주고 배려하며, 내게도 혼자 있는 시간이 필요하다고 생각하는 것이다. 일방적인 오해로 부모님을 탓하기 보다는 어른스럽게 부모님의 입장을 이해하려 애써 보자. 부모님은 생각보다 가까운 곳에서 나를 바라보고 있으며, 믿음으로 기다리고 있음을 기억해야 한다.

나도 가슴형 부모님도 가슴형

똑같이 가슴형인 부모님과 아이는 서로의 관심과 애정을 에너지로 삼아 생활을 만들어가기 때문에 마치 친구 같은 관계를 이루게 된다. 하지만 지나치게 부모님께 기대다 보면 바람직한 사회성을 키우거나 경험을 쌓을 수 없다. 심각할 경우 성인이 되어서도 부모님에게 의존하는 '마마보이'나 '마마걸'이 되기 쉽다. 부모님과 다정한 관계를 유지하는 가운데에도 사회성과 독립성을 키워 나가기 위해 스스로 노력해야 한다. 자신의 삶을 주도적으로 이끌어가지 못하는 성인은 절대 존중받을 수 없기 때문이다.

모든 일을 부모님과 함께 하는 것이 든든하겠지만, 혼자서 결정할 수 있는 작은 일은 스스로 선택하고 행동하는 습관을 들여야 독립성을 키울 수 있다. 부모님은 대신 결정을 내려주는 사람이 아니라 내가 올바른 결정을 내리는지 옆에서 지켜봐주는 사람이다. 스스로 결정을 내린 뒤에 부모님께 말씀드리고 의견을 여쭤보는 훈련을 통해 의존적인 습관을 바꿔보자.

나는 가슴형, 부모님은 장형

가슴형 아이들은 애교가 있고 친밀감을 잘 표현하기 때문에 장형 부모님들이 매우 만족스러워한다. 하지만 나이가 들고 몸과 마음이 커 가면서 부모님과 다툼과 갈등이 잦아지는 경향이 있다. 나의 자유분방한 태도가 가부장적 가치관을 지닌 장형 부모님에게는 부모의 권위를 무시하는 태도로 비쳐지기 때문이다. '감히 이 녀석이 버릇없이…' 하는 생각을 하게 되는 것이다. 하지만 가슴형 아이들은 부모님의 일방적인 권위를 받아들이고 싶지 않아 자꾸만 반발을 하게 된다. 자유를 구속하고 모든 것을 강압적으로만 통제하려 드는 부모님이 싫어 분노를 느끼기도 한다.

　이럴 때는 대화가 필요하다. 하지만 장형 부모님과 가슴형 아이들은 대화방법이 다르기 때문에 대화를 한다는 것이 말싸움으로 번지기 쉽다. 그러나 이럴 때일수록 부모님의 마음을 이해하면서 대화를 계속해 나간다. 처음에는 다소 어려움이 있겠지만 그 과정에서 부모님과의 관계가 차츰 부드러워지는 것을 느낄 수 있을 것이다.

장형과
세 가지 스타일의 부모님

장형 아이들에겐 역시 장형 부모님이 가장 좋은 파트너이다. 이 조합은 서로를 시원시원하게 인정해 주기 때문에 늘 활기가 넘친다. 그러나 장형 아이가 머리형 부모님을 만나면 좋은 관계를 유지하는 게 힘들 수도 있다. '하지 마라'고 매사에 제약하려 드는 것처럼 느껴진다. 가슴형 부모님과의 조합은 그나마 괜찮다. 부모님이 친구처럼 편하게 대해 주실 때 함부로 행동하거나 버릇없이 굴지 않는다면 큰 갈등 없이 지낼 수 있다.

나는 장형, 부모님은 머리형

가장 먼저 기억해야 할 것은 부모님이 머리형이라면 에너지가 넘치는 장형인 나를 감당하기가 쉽지 않다는 점이다. 부모님은 내가 생각하는 것 이상으로 나를 대하기가 힘들다고 느끼고 계실 것이다. '애가 왜 저렇게 어수선하지?' 하는 생각을 할지도 모른다. 나는 그냥 활달하고 활동적인 것뿐인데, 머리형인 부모님에게는 직선적이고 자기주장이 강한 아이로 비쳐지기 때문이다. 부모님이 자꾸만 나를 제약하려 드는 것처럼 느껴지는 것은 바로 이 때문이다. 무언가 위태롭고 불안하기 때문에 걱정스러워서 '~하지 마라'는 이야기를 곧잘 하게 되는 것이다.

자유로운 활동도 중요하지만 부모님이 제시하는 책임을 완수해 가는 것도 성취감을 느끼는 동기가 될 것이다. 대화를 통해 발전적인 방향을 잡는 것이 중요하다.

나는 장형, 부모님은 가슴형

가슴형 부모님들은 대개 아이들을 좋아하고 스스로도 부모로서의 역할을 즐긴다. 하지만 부모님이 뜻을 잘 받아주신다고 해서 내 마음대로 행동하다 보면 버릇없는 아이로 비쳐지기 쉽다. 특히 장형 아이들은 어딜 가나 눈에 잘 띄는 스타일이기 때문에 조금만 시끄럽게 굴거나 돌출되는 행동을 해도 금세 산만하고 모난 아이로 낙인찍힐 수 있기 때문에 조심성이 필요하다. 부모님이나 선생님 같은 어른들이 친구처럼 편하게 대해준다 해도 예절은 반드시 지켜야 한다. 그러면 명랑한 가운데 절제할 줄 아는 장점이 더욱 돋보일 것이다.

가끔은 부모님이 내 행동 하나하나에 대해 너무 간섭하고 참견한다는 생각이 들 수도 있다. 그러나 이는 부모님이 감수성이 풍부해 사랑을 최대한 표현하고 싶어 하기 때문에 생기는 일이다. 이때 부모님께 직접적으로 싫은 내색을 하면 부모님이 상처를 받을 수 있으므로 조심해야 한다.

혼자서 독립적으로 하고 싶은 일이 있을 때도 부모님이 서운해하시지 않게 부드럽게 돌려서 이야기하는 기술이 필요하다. '너무 걱정하지 않으셔도 된다' 거나 '일단 혼자서 해보고 도움이 필요하면 말씀을 드리겠다' 는 식으로 살짝 비켜가는 것이 요령이다.

나도 장형, 부모님도 장형

부모님과 내가 모두 장형일 경우 양쪽 모두 당당하고 분명한 상대의 성격을 좋아하기 때문에 가족 궁합 중에서도 최고의 궁합이라고 할 수 있다. 서로의 장점을 더욱 부각시켜 에너지를 증폭시킬 수 있는 관계가 형성되는 것이다. 부모님은 나에게 부모로서의 분명한 권위를 세우고, 나는 또 자녀로서의 분명한 태도를 취하기 때문에 별다른 마찰 없이 지내게 되는 것이 보통이다. 내가 자기 주장을 분명히 밝힐 때도 부모님께서 잘 들어주시기 때문에 어딜 가나 자신감이 넘친다는 이야기를 듣는 편이다.

그러나 나이가 조금씩 들어가면서 부모님의 권위에 도전하고 싶은 마음이 생기게 될지도 모른다. 장형들은 몸과 머리가 커지다 보면 자신만의 영역을 갖고 싶다는 생각을 하기 때문이다. 더 이상 부모님의 지시와 간섭을 거부하며 내 뜻대로 움직이고 싶은 마음이 강해져 독립 욕구가 왕성해진다. 이때는 부모님과 나의 고유 영역과 책임을 명확히 나눠야 하는데, 무엇보다도 내가 하는 행동에 대해서는 분명하게 책임을 질 줄 알아야 한다.

그러면 부모님도 내가 더 이상 어린아이가 아님을 깨닫게 되고 독립적인 인격체로 존중해주실 것이다. 이 과정에서 가족 간에 더 큰 믿음과 신뢰가 생기게 된다.

나를 알면
꿈이 잡힌다

꿈은 인생이라는 바다를 항해할 때 방향을 잡아주는 방향키 같은 것이다.

꿈이 없는 사람은 목표 없이 바다 위를 떠도는 배와 같다.

이 배는 바다 위에서 하릴없이 시간을 보내다 연료가 떨어지고 풍랑에 휩쓸리면

쓸쓸한 최후를 맞고 만다. 비바람을 이겨내고 험난한 바닷길을 열어가는 것,

그것이 바로 우리의 꿈이다. 꿈은 인생을 살아가는 데

최고의 연료이며 식량이기 때문이다.

2

동화작가 타샤 튜더의 멈추지 않는 꿈

미국인들에게 가장 사랑받는 동화작가이며 화가인 타샤 튜더 할머니는 아흔 살이 넘은 나이에도 외딴 시골에 홀로 살며 그림을 그리고 정원을 가꾼다. 전기도 안 들어오는 옛날식 집에서 양초를 만들고 옷감을 짜며 19세기 생활 방식을 고집한다. 그러나 타샤 할머니의 정원은 언제나 풍성한 과일로 넘쳐나고 갖가지 꽃들이 흐드러지게 핀다. 타샤 할머니는 아직도 맨발로 정원을 거닐고 촛불 아래서 그림을 그린다. 동화 속 그림을 그리는 그녀의 삶이 동화인 셈이다.

아흔이 넘은 이 할머니는 지금도 장미 전문가가 되고 싶다고 말한다. 정원에서 피어나는 갖가지 장미를 더욱 건강하고 아름답게 가꾸고 싶어 틈만 나면 공부를 한다. 이 장미가 어떤 거름을 좋아하는지, 저 장미는 어떤 날씨에서 더 아름다운 색깔을 띠는지 하나하나 익혀가자면 지루할 시간이 없다. 하나라도 더 배우고 싶은 꿈이 있어 인생이 즐거운 것이다. 타샤 할머니는 말한다. '꿈이 있는 인생만큼 즐거운 인생은 없다고'.

아흔 살이 넘은 할머니가 새로운 꿈을 꾼다는 것은, 듣기에 따라서는 좀 웃기는 이야기일지도 모른다. 꿈이란 희망을 품는 일이기 때문이다. 그러나 생각을 조금만 바꾸어보면 아주 중요한 사실을 알 수 있다. 꿈이 없으면 100년을 살다 가도 알 수 없는 소중한 가치를 꿈이 있는 사람은 1년 안에 깨달을 수 있다. 꿈은 우리의 삶을 풍요롭게 하는 자양분이며, 변화를 만드는 첫 걸음이기 때문이다.

물론 우리는 꿈이 중요하다는 이야기는 수도 없이 들어 왔다. 사람은 누구나 꿈이 있어야 하고, 꿈을 이루면 행복하다는 것은 막연하게나마 알고 있다. 하지만 꿈이라는 말이 너무 흔하다 보니 그 의미와 가치가 희미해진 것이 사실이다. 꿈이라는 말 자체에 면역이 생기다 보니 별다른 감동을 느끼지 못하는 것이다.

그러나 꿈이 없는 변화란 있을 수 없다. 나비가 알에서 거룩한 날갯짓을 꿈꾸듯이, 사람도 간절한 꿈을 통해 삶의 원동력을 충전해야 한다. 오늘과 다른 내일, 남보다 앞선 미래가 펼쳐지기 원한다면 간절한 꿈을 가져야 한다. 소중한 꿈을 간직하고 있는 사람과 아무런 꿈도 없이 그저 흘러가는 대로 시간을 보내버리는 사람은 완전히 다른 결과에 다다르게 될 것이기 때문이다.

알에서 나비가 될 확률은 고작 3%

안타깝게도 세상에 태어난 모든 사람이 행복을 누리고 성공을 거머쥐는 것은 아니다. 그중에는 사회적인 성공을 거뒀으나 마음의 행복을 찾지 못한 사람도 있고, 마음속에 사랑과 행복은 가득하지만 가난하고 능력이 없어 괴로워하는 사람도 있다. 또 행복과 사랑, 성공, 그 어느 하나도 갖지 못하고 불행한 인생을 사는 사람도 있다.

무엇 때문일까? 모두가 서로 사랑하고 성공과 행복을 누리면 좋을 텐데 왜 그러지 못하는 것일까? 이 어려운 질문에 대한 답은 의외로 간단하다. 그것들은 저절로 이루어지는 것이 아니기 때문이다. 사랑과 행복, 성공을 얻기 위해서는 많은 노력이 필요하다.

세상에 딱 하나, 공짜로 주어지는 것은 부모님의 사랑뿐이다. 부모님이 우리에게 끝없이 베풀어 주시는 사랑 외에 거저 얻어지는 것은 세상에 단 하나도 없다는 이야기다.

한 마리의 나비가 낳는 알의 수는, 종류에 따라 차이가 있지만, 수십 개에서 수백 개에 이른다. 하지만 이 중에서 나비가 될 확률은 고작 3%다. 내가 우리의 삶을 나비에 비유하는 이유가 여기에 있다. 세상을 살아가는 동안에 어렵고 힘든 장애물을 이기지 못한다면 날지 못하는 나비와도 같다.

알에서 부화도 하기 전에 다른 곤충의 먹이가 되거나 소나기에 쓸려 내려가기도 하고, 애벌레가 되어서도 온종일 천적들에게 노출된다. 언제 잡아먹힐지 알 수 없는 불안한 상황 속에서 나비가 되려는 꿈을 향해 전진해야 하는 것이다. 또 다행히 천적에게 잡아먹히지 않는다 하더라도 스스로 몇 번의 탈피과정을 거쳐야 한다. 탈피는 자연의 섭리이지만 그 과정에도 인내와 고통이 따른다. 탈피 과정을 제대로 마치지 못하고 죽어가는 애벌레도 숱하게 많다.

무엇보다 고통스러운 것은 답답한 고치를 뚫고 날개를 펴는 과정이다. 날개를 펼치기까지는 고치의 작은 구멍으로 이미 커져버린 몸을 빼내는 고통이 남아 있는 것이다. 이 고통을 참아야 찬란한 황금날개를 얻을 수 있다.

황금나비스쿨을 통해 여러 청소년들을 만나면서 안타까울 때가 종종 있었다. 자신의 꿈이나 인생을 부모님이나 타인에 의해 결정하는 경우가 있기 때문이다.

"부모님이 갔다 오라고 해서 왔어요" 하며 '나는 원래 삐딱한 애니까 건드리지 마세요' 하는 듯한 태도다. 이런 친구들은 조금만 어려운 과제가 주어져도 금세 재미없어하고 짜증스러운 표정을 짓는다. 또 자신이 해야 할 일들을 다른 친구들에게 미루려고 한다. 한 발만 내디디면 훨씬 재미난 일이 가득한데도 냉소적인 태도를 보이며 눈치를 보고 미적거리는 것이다.

이런 친구들은 투정부리는 일이 습관이 되어 모든 것을 남의 탓으로 돌리고, 불평불만만 늘어놓는다. 어차피 자기 자신을 위해 시간을 할애해서 온 것인데도, 마치 부모님을 위해, 선심 쓰듯 온 것처럼 투정만 부리는 것이다. 핑계거리만 있다면 귀찮고 힘든 일은 뭐든지 피해 가려고 한다.

이런 친구들의 마음속을 조금만 들여다보면 외로움과 두려움이 가득한 것을 알 수 있다. 아무도 다가와 주지 않으니 외로울 수밖에 없다. 그렇다고 해서 먼저 손을 내밀지도, 한 발 다가가지도 못한다. 이렇게 자신의 고치 안에서 박제가 되어가며 세상을 탓하기만 하는 것이다.

그런데 이런 친구들의 문제점은 바로 꿈이 없다는 것이다. 인생에 대한 목표가 없기 때문에 자신을 아무렇게나 내팽개쳐두는 무책임한 태도를 보인다. 그러나 인생은 누구도 대신 살아줄 수 없는 것이기 때문에 해답은 언제나 스스로 찾아야 한다.

나비의 생태를 연구하던 찰스 코언이라는 생물학자가 있었다. 그는 나비가 번데기를 빠져나오는 과정을 지켜보고 있자니 너무나 힘들어 보여 안타까움을 느꼈다. 나비는 번데기의 몸집에 난, 바늘구멍보다 조금 큰 구멍으로 비집고 나오기 위해 안간힘을 쓰고 있었다. 코언 박사는 나비가 너무나 안쓰럽고 애처로워 번데기의 구멍을 가위로 살짝 잘라주었다. 나비들은 그가 내준 넓은 구멍을 통해 쉽게 몸을 빼냈다. 코언 박사는 안도의 한숨을 내쉬었다.

그런데 희한한 일이 벌어졌다. 그가 가위로 번데기의 구멍을 잘라준 나비들이 한 마리도 날지 못하는 것이 아닌가. 날기는커녕 날개를 제대로 펴지도 못하고 바닥으로 떨어져 힘없이 뒹굴었다. 날개를 펴주어도 소용이 없었다. 게다가 이 나비들은 날개의 색깔과 무늬도 다른 나비들에 비해 아름답지 못했다.

코언 박사는 그제야 변태과정을 스스로 완수하지 못한 번데기는 나비가 될 수 없다는 것을 깨닫게 되었다. 나비가 고치의 작은 구멍을 통해 힘겹게 빠져나와야 하는 데는 다 그만한 이유가 있다. 나비가 작은 구멍으로 빠져나오려고 애쓰는 동안 몸통에서 윤활유가 분비되어 날개를 적시게 되는데, 그 과정을 통해 건강하고 아름다운 날개를 완성하는 것이다. 힘겨운 탈피과정 자체가 나비에게는 앞으로 살아갈 수 있는 힘을 얻는 하나의 과정인 것이다.

사람도 마찬가지다. 고통이나 시련 없이 편안하게만 살아갈 수 있다면 좋겠지만, 그런 일은 절대 일어나지 않는다. 물질적으로 풍요로운 사람은 심리적으로 어려움을 겪을 수도 있고, 심리적으로는 건강한데 물질적인 어려움을 겪는 사람도 있다. 옆에서 보기에는 아무 문제도 없고, 더할 수 없이 부럽기만 한 사람도 나름대로 시련을 겪는다. 그러나 우리에게 주어지는 고통과 시련에는 모두 그만한 가치와 의미가 있다.

어른들이 하는 말 중에 '아픈 만큼 성숙해진다'는 말이 있다. 이 말처럼 정확히 들어맞는 말도 드물 것이다. 시련은 우리를 단련하고 발전시키기 위한 선물이다. 하지만 그것을 선물로 받아들이느냐 재앙으로 받아들이느냐는 순전히 우리의 태도에 달려 있다. 시련이 다가오면 더 아름답고 건강한 날개를 만들기 위한 과정이라고 생각하고 최선을 다해, 열심히 응해야 한다.

꿈에 중독된 사람만이 꿈을 이룬다

많은 사람들이 꿈이나 비전에 대한 계획을 세우지 않고 하루하루 발등에 떨어진 불을 끄면서 살아간다. 우리 친구들 역시 마찬가지다. 미래에 대한 꿈도, 목표도 없이 하루하루를 보낸다. 아침에 일어나 학교에 가고, 학원에 가고, 집에 돌아와 숙제하다 잠자리에 든다. 자신에게 주어진 생활이니까 생각 없이 시계처럼 하루하루를 반복하는 것이다.

왜 학교에 가고 공부를 해야 하는지, 자신은 어떤 사람이 되고 싶은지 생각조차 해보지 않는다. 부모님이 가라고 하니까 가는 거고, 선생님이 하라고 하니까 하는 것뿐이다. '꿈에 대해 생각해봤자 달라질 것은 아무것도 없다'고 혼자서 단정을 내리고 즐거움도 없이, 의미도 없이 하루하루를 버티며 살아간다.

물론 꿈의 필요성이나 중요성에 대해서는 귀에 못이 박히도록 들어왔다. 또 "나는 천문학자가 되어서 화성탐사를 하겠어요", "나는 의사가 되어 가난하고 병든 사람들을 무료로 치료해 주고 싶어요" 하는 말들을 해왔다.

그러나 대부분은 부모님이 정해준 희망사항일 뿐 자신의 꿈과는 아무 상관이 없는 경우가 많다. 꿈이란 꿈일 뿐이라고 생각하고 깊게 생각하지도 않으며 부모님이 정해준 길을 따라 걸어가는 것이다.

내가 꿈이 없는 사람은 아닐까 생각해 보아야 한다. 꿈 따위가 뭐가 중요하냐는 생각이 들지도 모르지만, 꿈 좀 꾸었다고 손해 볼 일은 없으니 일단 꿈에 대해 조금만 더 깊이 생각해 보자. 나는 어떤 꿈이 있으며 그 꿈에 대해 얼마나 강한 믿음과 소망을 갖고 있을까? 혹시 아직 분명한 꿈을 갖지 못했다면 무엇 때문일까? 스스로에게 질문을 던져 보아야 한다.

꿈꾸지 않는 사람들이 공통적으로 가지고 있는 특징은 '꿈꾼다고 해서 이루어지겠어?', '인생은 미리 정해져 있는 거야', '공부 잘하는 사람이나 돈 많은 집 사람들이 꿈꾸며 살지' 하는 부정적인 생각을 가지고 있다는 것이다. 그들은 꿈을 꾸고 싶어 하지만 그 가능성에 대해 믿지 않고, 실패했을 때 겪게 될 두려움에 맞서고 싶지 않아 미리 몸을 움츠려 든다.

하지만 이런 부정적인 생각과 불신은 꿈을 이루는 데 방해만 될 뿐이다. 꿈을 이루기 위해 가장 먼저 필요한 것은 그것을 이루고자 하는 간절한 열망이다. 그 간절함은 무엇인가에 미치도록 빠져드는 열정과 비례해서 커진다. 황금나비스쿨에서는 그것을 '드림 홀릭(Dream Holic)' 이라고 부른다. 꿈에 완전히 빠져 온갖 열정을 퍼부을 때 그 열망의 힘이 에너지가 되어 꿈이 이루어지도록 돕는다는 것이다.

'미치지 않으면 미칠 수 없다' 라는 말과도 일맥상통한다. 자신의 꿈을 향해 모든 것을 퍼붓지 않으면 결코 정상에 도달할 수 없다는 이야기다. 내가 하고자 하는 것, 진정으로 원하고 바라는 것을 생각하고 마음에 품고 다닐 때 우리에게는 꿈을 향해 달려갈 수 있는 강력한 의지가 생겨난다.

술에 중독된 사람은 한시도 술이 떠나는 날이 없는 것처럼, 꿈에 중독된 사람의 마음속에는 늘 꿈과 소망이 자리하고 있다. 자신이 이루려고 하는 꿈에 중독되어 있으면 늘 그것을 이루기 위한 방법에 관심을 두게 마련이다. 또 그렇게 집중하고 관심을 갖다보면 그 꿈과 관련된 많은 정보와 기회들이 눈에 들어오게 된다. 바로 간절함에서 기회가 찾아오는 것이다.

임요환은 스타크래프트에 미쳤기 때문에 '테란의 황제'가 되었고, 비는 춤과 노래에 미쳤기 때문에 '아시아의 별'이 되었다. 그들이 그저 남들 하는 만큼 게임을 하고 춤을 췄다면 결코 지금 같은 스타가 될 수 없었을 것이다. 밥을 안 먹고, 잠을 안자더라도 힘이 넘쳐날 만큼 스타크래프트를 하고 춤과 노래에 미쳐 있었기에 지금의 성공을 이룬 것이다. 분야를 막론하고 성공한 사람을 붙들고 물어보라. 그들이 자신의 분야에 얼마나 미쳐 있었는지를……

우리가 어떤 목표에 대한 간절한 꿈을 가지고 있다면 그것이 우리에게 명확한 방향을 제시해 준다. 그리고 그 꿈이 이루어질 때까지 우리 몸과 마음은 온통 거기에만 초점이 맞춰진다. 이런 이론은 심리학적으로도 설명이 가능하다.

자기암시화된 목표는 스스로의 자율행동을 가능하게 하는 의식적, 무의식적 요인이 된다. 꿈에 완전히 몰입해 있으면 몸과 마음이 저절로 꿈을 향해 걸어간다는 이야기다. 이 의식은 우리의 행동을 지배하고, 그것에 필요한 정보나 지식은 그 열망만큼 따라온다. 열망이 강렬하면 필요한 것들이 저절로 눈이나 귀에 들어온다. 그러니 꿈에 중독된 사람일수록 꿈을 이룰 확률이 높아지는 것이다.

 ‘이루어지면 좋고, 이루어지지 않으면 어쩔 수 없고’ 하는 생각으로 접근한다면 결코 이룰 수 없다. 세상은 모든 사람에게 똑같은 기회를 주지만, 그 기회를 내 것으로 만드느냐, 아니면 나와 같은 꿈을 꾸고 있는 다른 사람에게 내주느냐는 순전히 내 손에 달려 있다. 하나의 목표를 여러 사람이 나눠가질 수는 없다. 최고의 자리는 하나이기 때문이다. 반드시 꿈을 이루고 싶다면 경쟁자들보다 훨씬 더 강렬한 소망을 불태워야 한다. 내가 상대방보다 더 강렬하게 꿈을 꾸고 노력한다면 경쟁자들은 나를 돋보이게 하는 장치에 불과하다는 것을 기억하기 바란다. 성공과 실패는 얼마나 간절하게 소망하고 이루어 나가느냐의 차이에 의해 좌우되는 것이다.

 지금은 세계적으로 인정받고 있는 우리나라의 비보이(b-boy)들은 몇 년 전까지만 해도 주변의 질타와 곱지 않은 시선을 견뎌야 했다. 한참 공부할 나이에 지하철 역사나 공터에 모여 춤을 추는 모습은 어른들에게 걱정의 말을 듣기에 충분했다.

 하지만 춤이 좋아 춤을 추고 음악에 젖어 한 길만을 고집하다 보니 세계 최고의 실력을 갖춘 비보이로 인정을 받게 된 것이다. 이제 비보이는 하나의 문화코드이며 새로운 스포츠로 떠오르게 되었다. 그들은 세계 최고의 춤꾼이 되겠다는 꿈에 모든 것을 걸었던 것이다.

이들이 세계 정상으로 성장하게 된 데는 그들의 강렬한 열망과 열정이 가장 큰 역할을 했을 것이다. 그 간절함이 힘이 되어 성공의 가능성을 높인 것이다. 춤에 관심을 갖다 보니 다른 춤꾼들이 눈에 들어오게 되고, 그들이 어디서 어떤 춤을 추며 어떤 대회를 통해 서로의 기량을 겨루는지 자연스럽게 알게 되는 것이다. 그러다 보면 새로운 목표가 생겨 도전하게 되고, 하나하나 계단을 밟으며 어느덧 세계 정상에 오르게 된 것이다.

꿈을 꾸는 사람에게는 반드시 기회가 주어지게 마련이다. 목표에 대한 간절한 생각이 그것을 이루어낼 방법을 생각하게 하고, 자칫 스쳐 지나버릴 수 있는 기회를 잡을 수 있게 한다. 결국 마음의 작은 씨앗이 싹을 틔워 구체적인 행동으로 이어지는 것이다.

내가 하고 싶은 것과 잘하는 것

아직 꿈이 없다면 이제부터 정해도 늦지 않다. 청소년기는 자신의 꿈을 만들고 수정해 가는 과정이기 때문이다. 다섯 살만 되면 "커서 뭐가 되고 싶니?", "네 꿈은 뭐야?" 하는 질문들을 받게 되지만, 우리가 말해온 꿈은 내 자신의 꿈이라기보다는 부모님이나 형제, 선생님들이 제시해 준 것이나 다름없다. "우리 아들은 커서 의사가 됐으면 좋겠다"는 이야기를 많이 들었다면 마치 내 꿈이 의사인 것처럼 느끼게 된다. 또 어떤 부모님들은 아예 "넌 꼭 변호사가 되어야 해"라고 정해주기도 한다.

하지만 시간이 흐를수록 우리에게도 각자의 생각이 싹트게 된다. '나는 다른 친구들보다 그림을 잘 그리니까 미대에 가서 화가가 되어야지' 하는 꿈이 생길 수도 있고, '나는 패션에 관심이 많으니까 패션 디자이너가 되고 싶다'는 꿈을 꾸기도 한다. 이때 생기는 꿈들은 부모님들이 만들어준 것보다 훨씬 다양하고 구체적이다.

내가 만난 청소년들 역시 자동차 디자이너, 제과기술자, 우주비행사, 작가, 전문 프로듀서 등 자신이 원하는 다양한 꿈을 이야기했다. 이 꿈들 중에는 부모님이 생각하는 것처럼 사회적으로 인정받거나 돈을 잘 버는 직업과는 다소 거리가 있는 것들도 있다. 각자 자신의 취미나 관심, 재미 등에 따라 스스로 정한 꿈이기 때문에 나중에 그 일로 돈을 얼마나 벌 수 있을까, 사람들이 얼마나 부러워할까 하는 것들은 전혀 반영되지 않은 순수한 것이다. 부모님이 생각하는 것들은 사회적으로 인정받고 돈도 잘 버는 직업이 대부분이지만, 우리 친구들이 생각하는 꿈의 가장 중요한 요소는 바로 내가 좋아하는 것과 잘하는 것이다.

꿈을 정할 때는 내가 좋아하는 것이 무엇이고, 잘할 수 있는 일이 무엇인지를 가장 먼저 생각해야 한다. 사람은 자신이 좋아하는 일, 자신이 잘할 수 있는 일을 해야만 만족감을 느낄 수 있기 때문이다. 세상 사람들이 아무리 부러워하는 일을 하고 있더라도 자기 자신이 즐겁지 않으면 아무 소용이 없다. '천재는 노력하는 사람을 이길 수 없고, 노력하는 사람은 즐기는 사람을 이길 수 없다'고 했다. 자신의 일을 즐기는 사람이 성공은 물론 행복까지 거머쥐게 되는 것이다.

이때도 주의해야 할 점이 있는데, 모순적이지만 내가 좋아하는 일과 잘할 수 있는 일이 일치하지 않을 수도 있다는 것이다. 내가 가장 잘할 수 있는 일을 내가 가장 좋아하고 그 일로 꿈을 꿀 수 있다면 좋겠지만, 사람은 각자 타고난 재능과 성향이 다르기 때문에 이런 일은 얼마든지 있을 수 있다.

그래서 꿈을 정할 때 우선 자신이 가장 좋아하는 것이 무엇인지를 곰곰이 생각해 보아야 하고 그 다음에는 가장 잘할 수 있는 일이 무엇인지 가려내야 한다. 글 쓰는 일을 좋아하는데 다른 사람보다 음감이 뛰어나다면 음악평론가가 될 수 있고, 다른 사람을 보살피는 것을 좋아하는데 음식 만드는 데도 흥미가 있다면 환자들을 위한 영양식을 개발하는 요리연구가가 되어도 좋을 것이다. 농구선수가 되고 싶은데 도무지 키가 자라지 않는다면 다른 종목을 시도해 볼 수도 있고, 농구 해설자가 되는 것도 멋진 꿈이 될 것이다.

자신이 좋아하는 것들을 적어놓고 그중에서 가장 잘하는 것이 무엇인지 생각해 보자. 혼자서 결정하기가 어렵다면 친구들이나 부모님의 의견을 물어보는 것도 도움이 된다. 옆에서 지켜보는 사람들은 스스로에 대해 생각하는 것보다 나를 정확하게 볼 수도 있기 때문이다.

내가 좋아하는 것 VS 내가 잘하는 것

내가 좋아하는 일들과 내가 잘하는 일들을 생각나는 대로 적어보자. 잘 생각나지 않을 때는 부모님이나 친구들에게 물어보는 것도 괜찮다.

내가 좋아하는 것

-
-
-
-
-
-

내가 잘하는 것

-
-
-
-
-
-

아디다스 광고 모델로 등장한 옐레나 이신바예바는 체조선수가 되고 싶었지만 키가 계속 자라는 바람에 결국 장대높이뛰기 선수로 성공하게 된 경우다. 그 광고 카피를 관심 있게 들어보면 내가 가장 좋아하던 일과 내가 가장 잘할 수 있는 일의 차이를 알 수 있다.

내 이름은 옐레나 이신바예바. 내 얘기 한번 들어볼래?

어릴 때부터 난 체조 세계 챔피언이 꿈이었어.

그런데 키가 자꾸자꾸 커지는 바람에 체조를 못하게 된 거야.

코치가 나한테 묻더라.

"장대높이뛰기 안 해볼래?"

난 대답했지.

"뭐요? 그게 뭔데요?"

결국 장대높이뛰기를 하게 됐는데, 사람들이 내가 아주 잘한다는 거야.

나중엔 5미터도 넘게 뛸 수 있겠다고.

내가 그랬지.

"제정신이세요?"

후후후……. 내 실력은 해마다 점점 더 늘어갔고, 지금 난 세계기록만 20개야.

언젠가 네가 서서 웃게 될 자리가, 꼭 네가 시작한 거긴 아닐지도 몰라. 불가능, 그것은 아무것도 아니다.

꿈을 정했다고 해서 무슨 일이 있어도, 반드시 그 꿈을 향해서만 가야 하는 것은 아니다. 우리 친구들은 아직 어리고 다양한 가능성을 가지고 있는 열매 같은 존재다. 내가 복숭아나무 씨앗이라고 생각했는데, 알고 보니 호두 씨앗이었을 수도 있다. 아직은 경험이 부족하기 때문에 자신의 가치와 능력을 충분히 알지 못하는 것뿐이다. 또 우리가 알 수 있는 세상에는 아직 한계가 있기 때문에 성장하면서 경험의 폭이 넓어지면 좀더 큰 세상에서 많은 가능성을 보게 될 것이다.

만화가게 주인이 되면 너무 신날 것 같지만, 언젠가는 만화 전문 출판사를 경영하면 좋겠다는 생각을 하게 될 수 있다. 또 자신이 만화를 그리거나 만화 스토리를 구상하는 데 남다른 재주가 있다는 걸 깨닫게 되기도 한다. 좋아하는 일들에 대해 충분히 생각하고 자신이 잘할 수 있는 일을 판단할 수 있게 되면 언젠가는 가장 좋은 꿈에 도달하게 될 것이다.

Best 1
First 1
Only 1

10년 전 세상과 오늘날의 세상은 엄청난 차이를 보인다. 오늘과 10년 뒤 세상은 그보다 더 큰 차이가 생길 것이다. 물론 공상과학 영화에서 상상하는 것처럼 자동차가 하늘로 날아다니거나 사람들이 가상현실 속에서 살아가는 것처럼 엄청난 변화는 아니지만, 그런 거대한 변화를 향한 작은 토대가 쌓여가고 있다고 보면 크게 틀리지 않다.

불과 몇 년 전까지만 해도 기차로 부산을 두 시간 반 만에 갈 수 있으리라고는 상상도 못하지 않았던가. 다섯 시간, 여섯 시간 동안 기차를 타고 달리다 보면 하루 종일 사람들 속에서 부대껴야 해운대의 멋진 풍경을 감상할 수 있었다. 하지만 이제는 아침 일찍 KTX를 타고 부산을 향해 달리면 해운대에 도착해서 바다를 바라보며 아침을 먹고 다시 서울로 돌아와 점심을 먹어도 시간이 충분하다.

세계화 시대의 경쟁력은 베스트 원 (Best 1)

기술의 발달은 세상을 하루가 다르게 변화시키고 있다. 이제 우리나라뿐만 아니라 지구 전체가 일일생활권이 되었고, 앞으로 우리가 살아가야 할 무대는 대한민국이 아니라 전 세계가 되었다. 우리가 무엇을 꿈꾸건 더 이상 대한민국 안에만 머물 수는 없게 된 것이다. 우리나라 작가라고 해서 《해리포터》를 능가하는 베스트셀러를 내지 말란 법이 없지 않은가. 이제 우리는 한국인이면서도 세계인이며, 세계무대에서 세계인과 경쟁해야 한다.

이처럼 세계인이 하나가 되어 경쟁해야 하는 무한경쟁시대에는 무엇이든 하나는 똑 부러지게 해야 성공할 수 있다. 어떤 분야에서건 최고가 되어야 한다. 그래서 세계화 시대의 첫 번째 경쟁력은 바로 '베스트 원'이다. 이제는 자기 분야에서 최고가 되지 않으면 살아남을 수 없다. 누구나 다 하는 걸 뒤따라가며 중간만 해서는 아무 데서도 환영받지 못한다.

그래서 진로를 결정할 때도 다른 사람들에 비해 내가 잘할 수 있는 일을 찾아내는 것이 중요하다. 남들이 하는 대로 따라가는 것이 무난하다는 옛날식 사고방식은 더 이상 통하지 않는다. 내가 아니면 안 되는 것을 찾아야 한다. 다행스럽게도 꿈의 분야는 무궁무진하다. 옛날에 비해 직업도 훨씬 다양해졌다. 자신이 정말 잘할 수 있는 일을 콕 찍어서 계발해 최고가 되자.

정보화 시대의 경쟁력은 퍼스트 원 (First 1)

현대사회를 규정하는 특징 중 하나가 바로 정보화 시대다. 이제는 정보가 힘이고 권력이다. 돈이나 무력도 정보를 이길 수는 없을 만큼, 현대사회에서는 빠르게 진화하는 정보의 중요성이 인정을 받고 있다. 우리나라가 국가 경제력에 비해 세계적으로 인정받고 있는 것 역시 정보기술, 즉 IT 강국으로서의 면모 때문이라고 할 수 있다.

정보가 얼마나 중요한지는 조금만 생각해 보면 금방 알 수 있다. 관심을 게을리 하면 내가 알고 있던 지식과 정보들이 낡은 것이 되어버린다. 정보에 있어서는, 오늘 내가 최고라고 해서 내일도 최고라는 보장이 없다는 이야기다.

그렇다면 3년, 5년 전에 내가 알고 있던 지식 중에 이미 그 답이 달라져 버린 것들은 얼마나 많다는 얘긴가! 과학이나 기술에 대한 정보는 하루하루, 매시간 시간 업그레이드해야 한다. 역사나 철학적인 진리 자체는 변함이 없겠지만 그것을 해석하는 시각이 달라지면 해답도 달라질 수밖에 없다. 그래서 철학이나 예술도 시대에 따라 달라지는 것이다.

정보화 시대의 변화는 그 속도가 점점 빨라지고 있다. 그래서 무엇인가를 하려면 남보다 앞서야 한다. 남들이 이미 다 지나간 길을 그대로 답습하는 것 역시 아무 의미가 없다. 2등은 아무도 기억해주지 않는다. 무엇을 하건 남보다 한 발 앞서 나가야 한다. 그것이 바로 '퍼스트 원'이다.

다양화 시대의 경쟁력은 온리 원 (Only 1)

베스트 원, 퍼스트 원의 세계는 참으로 치열한 경쟁의 세계다. 최고도, 최초도 단 하나뿐이기 때문이다. 하지만 다행스럽게도 현대 사회는 다양화의 시대다. 모든 사람이 정해진 하나만 바라보며 경쟁해야 하는 것이 아니라 각자가 나만의 길을 찾아 차별화하면 길이 열리기 때문이다.

예전에는 "네가 엄마 친구 아들 민수 반만 했으면 좋겠다" 하고 말하는 엄마들이 많았다. 잘하는 친구를 모범으로 삼아 최대한 그 친구 가까이 가라는 요구다. 하지만 이런 식의 사고방식은 20세기식 생각이다. 21세기를 살아가고 있는 우리는 21세기식으로 생각해야 한다. 우리가 늘 비교당해 온 '엄마 친구 아들'에겐 그만의 길이 있고, 나에겐 나만의 길이 있다는 것을 잊어서는 안 된다. 다양화 시대의 가장 큰 경쟁력은 바로 남과 다른 나, '온리 원'이기 때문이다.

생명공학이나 컴퓨터공학이 장차 전망이 밝다고 해서 모두가 그쪽으로만 진로를 변경할 수는 없는 노릇이다. 세상에는 과학자나 의사도 필요하지만, 선생님이나 간호사, 메이크업 아티스트, 패션디자이너도 필요하기 때문이다. 내가 가장 좋아하고 잘할 수 있는 일 중에서 나만의 특기를 찾아내 온리 원이 될 수 있는 길을 찾는 것이 성공의 밑거름이다.

'통춤'으로 유명한 통아저씨 이양승은 아무도 추지 않는 춤 하나로 전국을 웃음바다로 만들어 스타가 되었다. 화려하고 멋진 춤도 아니고, 세계적으로 대회가 열리는 스포츠댄스도 아니지만 자기만의 세계를 개척했기 때문에 국민의 사랑을 받게 된 것이다. 멋진 일, 남 보기에 좋은 일 따위는 생각하지도 말자. 내가 좋아하고 다른 사람보다 잘할 수 있는 일을 찾으면 인생의 행복은 예약된 셈이다.

무엇을 버리고
무엇을 가질까

황금나비스쿨에서는 꿈을 이루기 위해 가져야 할 것과 버려야 할 것을 적어보는 시간이 있다. 꿈을 이루기 위해 방해가 되는 잘못된 습관을 되돌아보고, 반대로 꿈을 이루기 위해 꼭 가져야 하는 것들을 생각해 보는 시간이다.

이때 우리 친구들이 적어낸 노트를 보면 재미난 결과가 나오는데 황금나비스쿨에서 가르쳐주고 싶은 정답을 우리 친구들이 이미 알고 있다는 점이다. 꿈을 이루기 위해서는 매사에 긍정적으로 생각하고, 규칙적으로 생활하며, 자신감을 가지고 도전해야 한다. 또 게으름과 거짓말, 부정적인 생각, 거친 말버릇을 고쳐야 한다.

친구들 모두 한결같이 이렇게 이야기하고 있다.

중요한 것은 그것을 실천하느냐 하지 않느냐의 차이일 뿐이다. 선생님이나 부모님이 귀에 못이 박히도록 잔소리를 해댈 때는 못 들은 척하고 한쪽 귀로 듣고 한쪽 귀로 흘려버리지만, 사실 우리도 그 사실을 알고 있었던 것이다. 지금 내게 중요한 것이 무엇인지, 시간을 어떻게 활용해야 하는지, 어떤 태도로 살아가야 하는지 알고 있다. 다만 잔소리가 귀찮아서, 움직이기 싫어서, 놀고 싶어서 외면해버리는 것이다.

이제는 스스로 마음을 열고 자기 자신과 대화를 해보아야 한다. 누가 시켜서 하는 일은 의욕이 생기지 않는다. 공부를 하고 싶다가도 엄마가 "공부해라"라고 이야기하면 하고 싶지 않은 것이 사람의 마음이다. 제 흥에 겨워 일어나야 제대로 된 춤이 만들어진 것이다. 자기 스스로 필요성을 깨닫고 자발적으로 움직여야 재미도 있고, 힘도 생긴다.

가져야 할 것은 어떻게든 만들어 챙기고 버릴 것은 과감히 버려야 한다. 단호하게 결단을 내리고 주저 없이 실천에 옮기는 힘이 곧 성공의 밑거름이 될 것임을 기억하기 바란다.

나의 꿈을 이루기 위해 꼭 가져야 할 것과 버려야 할 것들을 적어보자.

꿈을
이루기 위해
가져야 할 것

꿈을
이루기 위해
버려야 할 것

황금나비스쿨에 온 친구들은 꿈을 이루기 위해 가져야 할 가장 중요한 요소로 스스로에 대한 믿음과 긍정적인 사고, 할 수 있다는 자신감, 어려움을 이겨내는 도전정신과 인내심을 꼽았다. 일단은 건강하고 강인한 정신력을 갖추어야 실천적 행동이 가능하다는 것이다.

그 외에 일찍 자고 일찍 일어나기를 비롯한 규칙적인 생활과 운동, 성실한 학습태도와 집중력, 친구와 가족 간의 화목, 상대방에 대한 배려 등이 순위에 올랐다. 기수별로 지역이나 학년이 서로 다른 친구들을 만나게 되지만 그들이 적어낸 대답이 한결같은 것을 보면 성공으로 가는 지름길을 알고 있는 것이 분명하다.

버려야 할 것들 중에서 가장 많이 나온 대답은 바로 욕하는 습관과 게으름이다. 부모님이나 선생님들은 요즘 청소년들이 아무 생각 없이 욕을 한다고 걱정하지만, 사실 그 문제점은 누구보다 자기 스스로 잘 알고 있었던 것이다. 친구들이 욕을 하니까 무심결에 따라하다 보니 습관이 되었다면서 스스로 고쳐야 한다는 생각을 하고 있는 친구들이 많았다. 이런 습관은 단순히 욕에서 그치는 것이 아니라 부정적인 사고로까지 연결된다.

또 누우면 일어나기 싫고, 먹는 것이나 노는 일이 아니면 어떻게든 최대한 미루려고 하는 게으른 습관을 고치고 싶다고 대답했다. 게으름만 고치면 성적도, 성격도 많이 달라질 것 같다는 것이다.

집단따돌림이 얼마나 나쁜지도 충분히 공감하고 있었고, 과거에 했던 행동을 반성하는 친구들도 많았다. 수업시간에 딴 짓을 하거나 약속을 안 지키는 것이 자신의 꿈을 이루어가는 데 얼마나 방해가 되는지도 잘 알고 있다고 대답했다. 거짓말이나 부정적인 생각, 이유 없는 부끄러움 등을 떨쳐버리고 꿈에 한 발짝 다가가고 싶다는 생각은 모두가 똑같았다. 이제는 과감하게 그것을 실천하는 일만 남은 셈이다.

나는 너와 다른
내가 좋다

토끼와 거북이의 경주 이야기를 모르는 사람은 없을 것이다. 그러나 이 동화는 이미 구식이 되어버렸다. 예전에는 토끼처럼 자만하면 안 되고 어떤 일이건 거북이처럼 성실하게, 열심히 해야 한다는 교훈이 가장 중요했다. 하지만 이제는 그에 못지않게 토끼의 날렵함과 재치, 순발력도 중요하게 여겨지고 있다.

사람은 저마다 타고난 성격과 재능이 다른 만큼, 누구나 장점이 있고 단점이 있게 마련이다. 거북이는 성실한 반면 토끼는 날렵함과 재치를 갖춘 동물이다. 둘 중 어느 쪽이 더 뛰어난 재능이라고 말할 수는 없다. 굳이 둘이 경주를 할 필요도 없이, 토끼는 토끼에게 맞는 일을 찾으면 되고, 거북이는 거북이에게 맞는 일을 찾으면 된다.

저마다 다르니까 멋이 있고 매력이 있는 것이다. 나는 너와 다르고, 너도 멋지지만 나도 내 나름의 멋을 갖고 있는 것, 그것이 바로 개성이고 차별성이다. 이런 다름은 각자의 재능과 진로를 계발하는 데도 아주 소중하게 사용된다.

예를 들어 마케팅이나 홍보 같은 기획 일을 하고 싶은 사람이라면 반짝이는 아이디어가 중요하다. 그저 열심히, 성실하게 일하는 것만으로는 부족하다. 하지만 기술적인 부분이 중요시되는 일을 원하는 사람이라면 새로운 아이디어나 반짝이는 기획력보다 성실하고 책임감 있는 태도가 더 필요하다.

교실 환경미화를 할 때도 마찬가지이다. 게시판을 꾸밀 때 그저 열심히, 작년에 선배들이 했던 그대로만 성실하게 해내는 것은 노력한 만큼의 인정을 받을 수 없다. 창의성이 필요한 순간에는 재치와 새로움으로 승부해야 한다. 그러나 청소처럼 꼼꼼하고 성실하게 해야 하는 일에 재치를 발휘한다고 해서 요령을 부리다 보면 꾀만 부리는 결과가 되고 만다.

내가 토끼가 아니라고 해서, 또는 거북이가 아니라고 해서 실망

할 필요는 없다. 스케이트 선수 김연아는 피겨스케이팅을 잘하지만 비나 보아처럼 세계적으로 사랑받는 가수는 될 수 없다. 또 보아나 비는 글로벌 스타로 사랑받고 있지만 스케이트를 김연아처럼 멋지게 탈 수는 없다. 누군가는 프로게이머로 사랑을 받고, 누군가는 시를 잘 써서 신문에 실리고, 또 누군가는 우수한 성적으로 명문대에 합격하거나 사격을 잘해서 사람들의 이목을 집중시킨다. 이들 모두가 각각 하나씩의 재능을 발굴해 자기만의 분야에 집중했기 때문에 이런 성과를 이루어낸 것이다.

그렇다고 해서 프로게이머가 명문대 수석합격생을 부러워하거나 시를 잘 쓰는 사람이 사격을 잘하는 사람을 부러워할 필요는 전혀 없다. 나에겐 나만의 색깔이 있고, 나만의 재능과 즐거움이 있기 때문이다. 내가 가장 잘할 수 있는 있는 일, 내가 즐기면서 할 수 있는 일을 찾아 나만의 길을 개척해가면 '남과는 다른 나'를, '다른 사람과는 확실히 다른 나만의 멋'을 진정으로 사랑하게 될 것이다.

30년 먼저 살아보는
시간여행

집이나 학교, 그 밖의 환경에서 그동안 내가 맡아온 역할을 중심으로 인생 그래프를 그려보자. 이 방법은 나 자신을 돌아보고 미래를 설계하는 데 도움이 된다. 과거를 돌아보는 것은 현재를 분석하고 미래를 예측하는 데 중요한 자료가 되며, 미래를 예측하고 상상하는 일은 자신의 꿈을 보다 현실적으로 그려주는 효과가 있기 때문이다. 인생을 남보다 30년 먼저 살아보는 시간여행을 통해 막연하던 꿈을 현실처럼 느껴보는 멋진 순간을 경험할 수 있을 것이다.

이때는 현재를 기준으로 과거를 되돌아보고 미래를 예측해 보면 된다. 좋았던 순간과 좋지 않았던 순간에 대한 만족도를 각각 +1부터 +10까지, -1부터 -10까지 점수를 매기고 각각의 점들을 이어 그래프로 그려보면 인생의 굴곡이 한눈에 들어온다.

지나간 시간을 되돌아보기 위해 그동안 내가 맡아온 일들을 되새겨보자. 잘 생각해 보면 생각보다 다양한 역할을 맡고 있었음을 알 수 있다. 집에서는 부모님의 아들이나 딸이고, 형제들에게는 형이나 누나, 또는 동생 역할이다. 학교에서는 학생이고 반장, 부반장, 이런저런 부장들에 주번까지 다양한 역할을 수행한다. 또 보이스카우트나 해양소년단 단원, 교회 등 종교단체의 신도, 누군가의 친구 역할이다.

이렇게 내가 맡아온 역할을 중심으로 지나간 일들을 떠올려 보면 생각보다 다양한 기억이 스쳐 지나갈 것이다. 우리에게 펼쳐지는 시간이란 언제나 누군가와의 관계 속에서 각자의 역할을 수행하며 살아가는 것이기 때문이다. 다만 그때그때 주어진 역할을 얼마나 성실하게, 열정적으로 최선을 다해 완수했느냐는 개인에 따라 완전히 다르다. 자신에게 주어진 역할에 만족하고 최선을 다하며 즐겁게 살아온 사람은 인생의 만족도 그래프 역시 상승을 거듭하게 될 것이다.

황금나비스쿨에서 만난 친구들은 주로 좋은 친구나 선생님을 만났을 때, 성적이 많이 올랐을 때, 가족들과 여행을 다녀왔을 때를 좋았던 순간으로 기억했다. 반면 전학이나 중학교, 고등학교 진학으로 친구들과 헤어지게 되었을 때 가장 큰 아픔을 경험했다고 대답했고, 자신이나 가족이 사고나 질병으로 어딘가 아팠을 때 생활의 만족도가 뚝 떨어졌다.

우리도 한번 해보자. 나의 5년 전이나, 1년 전은 어떤 모습이었을까? 그때 나는 어디서 무엇을 하고 있었으며 집이나 학교에서는 어떤 역할을 맡고 있었을까? 그때 가족이나 선생님, 친구들이 내게 기대한 모습은 어떤 것이었을까?

이제 시간이 어느 정도 흘렀으니 보다 객관적으로 생각해 볼 수 있을 것이다. 지난 5년간의 나를 돌아보고 내가 그동안 어떻게 살아왔고, 어떻게 변해왔는지 생각해 보는 시간을 갖도록 하자.

1년이나 5년 후의 모습은 사실 크게 다를 것이 없다. 중학교 진학, 고등학교 진학, 수능시험, 대학 입학, 군복무 등이 우리 청소년들에게 주어진 가장 보편적인 미래이기 때문이다. 내가 만나본 아이들이 그려 놓은 그림을 보면 수능을 앞두고 가장 큰 어려움을 겪게 될 것이라고 예측하고 있었다. 공부와 시험, 대학입학에 대한 부담감에서 벗어날 수 없는 것이 현실이기 때문이다.

그러나 수능의 압박이 생활 만족도를 −10까지 느끼게 하는가 하면, '어려운 가운데 잘 이겨내고 있을 것이다' 라고 대답한 친구들도 있었다. 모두가 비슷하게 어려움을 겪어야 하지만 그것을 바라보는 자세에는 차이가 있는 것이다.

이런 자세는 10년이나 30년 후의 모습을 그리는 태도에도 영향을 미친다. 직업에 대한 선택도 아직 백수일 것 같다는 사람이 있는가 하면, 백화점을 경영하고 있을 것이라거나 파일럿이 되어 마음껏 하늘을 누비고 있을 것이라는 친구도 있다. 또 결혼 때문에 만족도가 떨어지는 사람이 있는가 하면 '예쁜 여자를 만나 결혼했다'에서 만족도가 최고치로 치솟는 경우도 있었다.

보다 장기적인 꿈으로는 안락한 노후를 위한 준비나 세계여행, 부모님과의 단란한 시간 등이 공통적으로 나타났다.

현재까지 내가 집, 학교 등지에서 했던 역할들을 적어보자.

나의 역할

-
-
-
-
-
-

내 인생의 만족도 그래프

최근 5년간의 나를 돌아본다. 좋았던 때와 좋지 않았던 때를 점수로 체크하고 선을 연결해 그래프를 그려보자. 30년 뒤 미래의 모습은?

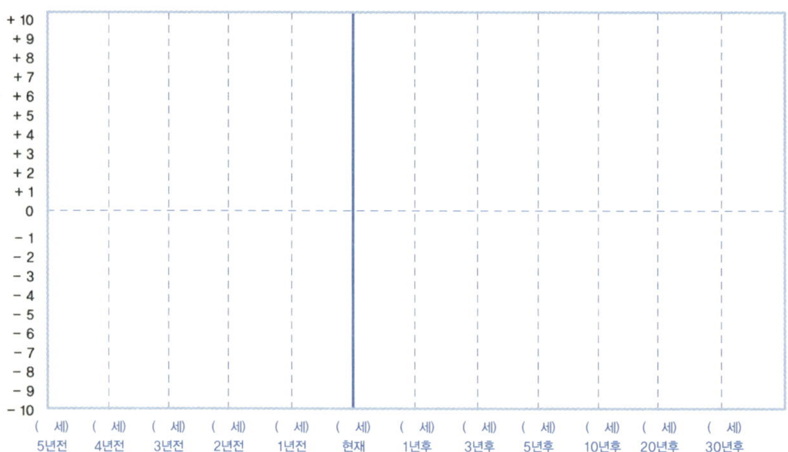

이루고 싶은 것이 있다면
종이에 적어놓고 확인한다

꿈이나 목표가 있다고 하더라도 그것만으로는 충분치 않다. 꿈을 얼마나 구체적으로 발전시키느냐의 여부가 성공을 좌우하기 때문이다. 정확히 내가 무엇을 해야 하고 어디로 가는지 모른다면 의심과 두려움에 젖게 된다. 명확한 목표는 스스로를 변화시키는 강력한 동기로 작용하며, 길을 잃지 않도록 이끌어주는 동력이 된다.

이때 활용할 수 있는 효과적인 방법이 바로 자신의 꿈을 구체적으로 적어두는 것이다. 꿈의 수첩을 만들어 자신의 꿈을 자세하게 적어두고 날마다 꺼내어 보는 것이 큰 효과가 있다. 아침에 하루

일과를 시작하면서, 그리고 저녁에 하루를 마무리하면서 꿈의 수첩을 꺼내어 꿈을 되새기고 소리 내어 읽으면 나도 모르게 꿈을 향해 나아가려는 힘이 생긴다. 꿈의 수첩이 마법의 가이드북 역할을 해주기 때문이다.

한 대학에서 인구통계에 관한 조사를 실시한 결과, 인구의 3%가 큰 성공을 거두어 상류층을 형성하고 있고, 10%는 비교적 여유 있게 살고 있으며, 60%는 겨우 생계를 꾸려가고 있고, 나머지 27%는 어렵게 살아가고 있다는 결과가 나왔다.

여기서 우리가 주목해야 하는 대목은 바로 3%의 상류층 사람들은 글로 쓴 구체적인 목표를 가지고 있었다는 것이다. 반면 10%의 중산층은 구체적인 목표를 가지고 있긴 했지만 이를 글로 쓰지는 않고 마음속에만 품고 있었다고 대답했다. 이들을 제외한 나머지 사람들은 대부분 뚜렷한 목표도 없이 인생을 살아온 것으로 조사되었다. 꿈의 수첩을 만드는 일이 얼마나 중요한가를 단적으로 설명해 주는 조사결과다.

게다가 이 3%란 숫자는 우연히도 나비의 알이 나비가 될 확률과도 맞아떨어진다. 물론 꿈의 수첩을 만드는 것만으로 꿈이 저절로 이루어지는 것은 아니다. 꿈을 적어놓은 종이 그 자체에 마법이 숨겨져 있는 것은 아니기 때문이다. 그러나 꿈을 문서화하는 동안 우리의 머릿속에는 수많은 그림이 그려지게 된다. 자신이 꿈을 향해 노력하는 모습, 성공해서 기뻐하는 모습 등이 머릿속에 펼쳐지며 각인된다. 이 과정을 통해 우리는 보다 강력한 행동의지를 갖게 되는 것이다.

자신의 꿈과 비전을 글로 적는 과정을 진행해 보면 학생들 대부분이 힘겨워한다. 꿈을 종이에 직접 적어본 적은 물론, 구체적으로 생각해 본 적도 없는 사람이 많기 때문이다. 부모님이 혹은 선생님이 정해준 목표 성적이나 대학에 대해서는 늘 생각하고 있지만, 그저 막연히 '그랬으면 좋겠다' 정도가 전부고, 진짜 자신이 꿈꾸는 미래에 대해서는 진지하게 고민해본 적이 없으니 꿈의 수첩을 메울 수가 없는 것이다.

바로 지금 종이 한 장을 펼쳐놓고 내가 진정으로 원하는 꿈을 구체적으로 적어보자. 그리고 그것을 책상 앞에 붙여놓고 수시로 들여다보며 소리 내어 읽고 그 꿈이 이루어진 모습을 떠올려본다. 이렇게 끊임없이 자기암시를 반복하는 동안 꿈이 한결 가까워지게 된다. 주문을 외우듯 반복적으로 꿈을 갈구하면 점점 그렇게 변화되어 가는 신기한 현상을 경험하게 될 것이다.

나의 꿈들을 떠올려보고 그중에서 가장 중요하다고 생각되는 것 세 가지를 선택해서 그 이유를 자세히 적어보자.

1.

2.

3.

- 나의 꿈은 _______________________________ 세상을

 만드는 것이다.

- 나의 꿈을 이루기 위해 _________________가(이) 되어

 _______년까지 _______________________________를

 할 것이다.

꿈은
열정으로 이어진다

불가능한 것을 가능하게 하고 자신의 단점을 잊고 한 가지에 몰입하게 만드는

비밀은 바로 열정이다. 열정은 불꽃과 같은 것이어서 한번 불씨가 튀기 시작하면

어느새 걷잡을 수 없는 화염이 되어 자기 자신을 불사르게 만든다.

온전히 나를 잊고 자신을 매료시킨 하나의 목표를 향해 매진하게 되는 것이다.

꿈을 향해 가는 길에서 가장 중요한 것 역시 열정이다.

목표를 향해 집중하고 생활의 모든 방향을 한 곳으로 맞추는 것,

그것이 꿈을 현실로 만드는 열정의 힘이다.

3

네 손가락의 피아니스트 이희아의
집념과 열정

네 손가락의 피아니스트 이희아의 연주를 듣고 있노라면 뜨거운 열정을 느낄 수 있다. 놀라울 정도로 빠른 손놀림과 음악에 대한 몰입은 청중들을 압도한다. 1미터도 채 안 되는 키에 불편한 몸이지만 그녀가 얼마나 거인인지 생각해 보면 머리가 저절로 숙여질 지경이다.

그녀는 태어날 때부터 양손 손가락이 모두 합쳐 네 개밖에 없었고, 허벅지 아래 다리가 없는 선천성 사지기형 1급 장애인이다. 하지만 피아노 연주를 통해 삶의 아픔을 겪고 있는 많은 사람들에게 희망과 기쁨을 주고 있다.

"자신이 못하는 것을 생각하기보다는 잘하는 것을, 못난 부분보다는 잘난 부분을 생각하세요. 자신의 행복과 세상에서의 역할은 스스로 만들어 가는 것입니다."

이 말은 두 손 두 발 모두 멀쩡한 우리들에게 눈물겨운 교훈을 준다. 그녀는 그저 해맑게 웃으면서 아름답고도 힘찬 선율로 피아노 연주를 들려줌으로써 그 모든 것을 말해준다. 나라면 네 개뿐인 손가락으로 피아노를 연주할 수 있으리라고 생각이라도 할 수 있었을까? 하지만 이희아는 하루 14시간 이상의 연습을 통해 피아노와 하나가 되었다. 장애를 극복하기 위해 쏟아 부은 수많은 눈물과 열정이 그녀의 연주 속에 뜨겁게 녹아 있다.

나의 모든 것을 쏟아 부어 꿈과 내가 하나가 되는 것, 그것이 바로 열정이다. 열정은 꿈꾸는 사람에게서 나타나는 가장 큰 특징이다. 자신의 꿈에 집중하고 몰입하는 순간, 그 사람에게선 열정이 느껴진다. 꿈의 연료를 활활 태우며 끓어오르는 집념, 그 안에 무한한 가능성이 잠재되어 있기 때문이다.

나비는 애벌레 단계에서 무려 다섯 차례에 걸쳐 허물벗기를 한다. 자신의 몸이 점점 자라는 것에 맞춰 매번 힘겹게 허물을 벗는다. 다음 단계로의 성장을 위해서 기존의 틀을 벗어던지는 모습을 보면 인간의 성장과정도 나비와 크게 다르지 않는다는 생각이 든다. 애벌레가 성장을 위해 끊임없이 먹이를 먹는 시절, 낯선 나뭇가지들을 기어오르는 경험은 우리가 원하는 것을 이루기 위해 끊임없이 배우고 변신하는 성장의 시간을 이야기해준다.

꿈을 이루기 위해서는 끝없는 경험과 준비가 뒷받침되어야 한다. 시행착오를 거치면서 한 걸음 한 걸음 전진하는 모습이야말로 변화의 역동성인 것이다. 나를 변화시키기 위해 모든 것을 쏟아 부을 수 있는 열정이야말로 매순간 변화를 가능케 하는 무한 에너지다. 열정이야말로 변화를 가능하게 하는 추진력인 것이다.

인기 좋은 친구에겐 그럴만한 이유가 있다

나에게 관심이 많은 사람은 자기 자신을 사랑할 수밖에 없다. 자신을 깊이 있게 들여다보고 있노라면 자신의 독창성과 유일함을 발견하게 되고, 소중함을 깨닫게 되기 때문이다. 이렇게 자기 자신을 사랑하는 사람이야말로 친구들과 주변 사람들의 사랑을 받는다.

이기주의와는 다르다. 친구들보다 내가 잘나고 예쁘다고 생각하고 자만에 젖는 것이 아니라, 나의 소중함을 느낀다는 이야기다. 나란 존재가 얼마나 소중한지 깨달은 사람은 다른 친구들 역시 나만큼 소중한 존재라는 것을 알게 된다.

그래서 나를 사랑하는 사람은 다른 친구들을 사랑하게 될 수밖에 없고, 친구들을 아끼고 사랑하는 사람은 친구들로부터 사랑을 받게 된다는 아주 간단한 원리다.

유난히 친구들에게 인기가 좋은 친구가 있다. 그 친구가 부러워 가만히 관찰해 보아도 쉽게 답이 나오지 않는다. 특별히 예쁘거나 상냥하지도 않고, 공부를 남달리 잘하거나 운동에 뛰어난 것도 아니다. 쉬는 시간마다 매점으로 친구들을 몰고 다니며 간식 공세를 퍼붓는 것도 아니다. 그런데도 그 친구 주변에는 언제나 친구들이 몰려들고 웃음이 떠나지 않는다.

비밀은 바로 그 친구가 자기 자신을 사랑하는 사람이라는 데 있다. 자기애는 긍정적인 행동으로 이어지며 긍정적인 행동은 주변에 밝은 영향을 미치게 된다. 항상 밝고 사람들을 즐겁게 해주는 사람에게 친구가 많은 것은 당연한 일이다.

우리는 종종 '집 안에서 사랑받지 못하면 밖에서 누가 사랑해주겠느냐'는 말을 듣곤 한다. 가족들끼리 서로 사랑하고 아껴주어야 밖에 나가서도 사랑받을 수 있다는 이야기다. 집 안에서 부모님이나 형제들에게 사랑받지 못하고 천덕꾸러기 행세를 하면 밖에서도 표가 나게 마련이다. 사랑받지 못한 사람들은 자꾸만 삐딱한 시선으로 사람들을 바라보게 되기 때문이다.

이런 태도는 자기 자신에게도 마찬가지다. 내가 나에게 관심을 가지고 소중하게 여기면 내 주변의 사람들 하나하나가 소중한 관계로 다가오게 된다. 그러면 결국 그들은 나를 진심으로 대하게 되고 정성을 기울이게 된다. 꼭 뭔가 선물을 주지 않아도 마음이 열려 서로 소통하게 된다.

실천력 있는 에너지가 진짜 열정이다

무엇을 하고 싶은지 찾았다면 이제 내 자신을 들여다보는 시간을 통해 열정에 불을 지펴보자. 나 자신에게 관심을 가지고 조용히 들여다보면 꿈과 나 사이에 놓인 거리가 눈에 들어온다. 꿈에 도달하기까지 내가 달려가야 할 거리와 시간, 그 사이에 놓인 수많은 난관들이 하나둘 눈에 밟히며 앞으로 나아가야 할 방향을 일러준다.

꿈을 이루어가기 위해서는 스스로를 책임지고 사랑할 줄 알아야 한다. 누가 시켜서가 아니라 내 자신이 소중한 존재이기 때문에 아끼고 소중하게 돌봐야 하는 것이다. 이 과정을 성공적으로 거치고 나면 이제 부모님의 잔소리는 잘못된 길을 바로 잡아주고 험난한 여행길을 안내해주는 고마운 표지판으로 느껴진다.

여기까지만 오면 꿈을 향해 가는 길의 절반은 온 셈이다. 시작이 반이라는 말처럼, 시작하는 사람의 자세와 의지가 결과를 만들어내기 때문이다. 이렇게 나를 사랑하며 꿈을 향해 나아가는 사람 곁에는 늘 도와주는 사람이 있게 마련이다. 길을 안내해주는 부모님이나 선생님이 있고, 함께 길을 걸어가는 친구들이 있다. 함께하는 사람들이 있으니 외로울 일도 없고, 판단을 잘못해 시행착오를 겪을 일도 줄어들게 된다. 이제 그들을 믿고 의지하며 흔들림 없이 나아가기만 하면 된다. 꿈을 향해 가는 길은 훤히 열려 있는 것이나 마찬가지다.

이쯤에서 열정의 실체를 한 번 더 짚고 넘어가자. 집중력, 책임감, 자기 자신에 대한 사랑, 굳은 의지와 열의……. 그것만으로 열정을 설명하기에는 뭔가 부족한 듯한 느낌이 든다. 그렇다면 열정의 진짜 정체는 무엇일까?

열정은 뜨거운 열의나 집중력만으로 채워질 수 있는 것이 아니다. 마음속에 열의가 타오르고 꿈에 완전히 집중하고 있다고 해서 그것이 곧 우리의 완전한 성공을 불러오는 것도 아니다. 꿈을 이루기 위한 첫 번째 덕목으로 열정이 제시된 것은 바로 열정이야말로 변화를 만들어내는 원동력이기 때문이다.

신념과 열정으로 무장한 영국의 총리 토니 블레어는 비록 얼마 전에 퇴임하긴 했지만 아직까지도 역사에 남을 만한 '열정의 지도자' 라고 불린다. 언론은 그를 '영국의 케네디' 또는 '영국의 클린턴' 이라고 표현하기도 한다. 초고속 성공가도를 달려 최연소 노동당 당수가 되고 총리가 되어 3기 연속 집권한 그도 어릴 때는 유난히 끼가 많고 말썽이 잦은 아이였다고 한다.

그는 옥스퍼드대학교 법대 재학 시절에는 그룹의 리드싱어로 활동하기도 했을 만큼 음악에 대한 열정으로 넘쳤다. 나중에 변호사가 되고 정치계에 입문하면서는 뛰어난 비전과 결단력, 강력한 카리스마를 겸비한 새 시대의 지도자로서 인정을 받게 되었다. 그의 행보 하나하나에는 언제나 열정이 넘쳐났다. 열정이야말로 토니 블레어의 지치지 않는 힘의 원천이었던 것이다.

황금나비스쿨에서 만나는 친구들 중에는 돈을 많이 벌어 부자가 되고 싶다는 친구가 제법 많다. 돈을 많이 벌고 싶다는 것은 엄밀히 말하면 꿈이라고 할 수 없다. 하지만 꿈이 재벌인 사람이 있으니 그들에 대해 이야기해 보자.

재벌이 되려면 어떻게 해야 할까? 첫 번째, 복권에 당첨되어 하루아침에 부자가 되거나 부모님에게 막대한 유산을 물려받는 방법이 있다. 또 영화에서 보는 것처럼, 평소 이름도 모르고 지내던

먼 친척이 돌아가시면서 어마어마한 재산을 나에게 남겼다는 설정도 아주 환상적이다. 이런 꿈은 세상 사람이라면 누구나 한 번쯤 꾸어봤을 것이다. 하지만 현실에서는 좀처럼 벌어지지 않는다는 것이 문제다.

부자가 되는 좀 더 현실적인 방법은 열심히 일해서 저축을 하고 돈이 모이면 여러 가지 투자 방법을 통해 돈을 불리는 것이다. 또 자수성가하여 큰 기업을 이룬 재벌들처럼, 시대가 원하는 사업을 일으켜 크게 부흥시켜야 한다. 그 외에는 부자가 될 수 있는 방법이 거의 없다. 이렇게 이야기해 놓고 보니 부자가 되는 방법은 다양하지도 않지만 그리 쉽지도 않은 것 같다.

하지만 많은 사람들이 '부자가 되고 싶다' 는 꿈도 분명하고 열망도 강렬한 데 반해 부자가 되는 길을 걸어가기 위한 준비에는 터무니없이 게으르다. 하지만 이렇게 감나무 밑에 입 벌리고 누워서 감 떨어지기를 기다리는 것만으로는 절대 부자가 될 수 없다. 부자가 되건, 사업가가 되건 꿈을 이루기 위해서는 일단 움직여야 한다.

움직임이 없는 사람은 죽은 것과 다를 바가 없다. 죽은 사람은 절대 꿈을 이룰 수 없으니 꿈을 이루고 싶거든 당장 자리를 박차고 일어나 내가 해야 할 일은 무엇인지 찾아보아야 한다.

나를 집어삼키려는 게으름을 이기기 위해서는 약간의 장치가 필요하다. 게으름에 슬쩍 편승하고 싶을 때 나에게 힘을 주는 한 마디, 나의 비전, 그리고 목표를 정리해 비전서를 만들어 보는 것이다. 비전서를 만들어 책상머리에 걸어두고 하루에도 몇 번씩 들여다보고 되새기며 다짐한다면 절대 게으름을 부릴 수가 없다. 또 날마다 가지고 다니는 수첩 맨 앞장에도 적어두자. 수시로 펼쳐서 소리 내어 읽고 마음속으로 다짐해야 한다.

비전서라고 해서 특별한 원칙이 있는 것은 아니다. 자기가 원하는 방법대로 하면 된다. 좀 더 구체적으로 세워두면 하루하루 나태해지기 쉬운 마음을 추스르는 데 도움이 된다.

먼저 목표를 정할 때는 기간별로, 세부적으로 하는 것이 좋다. 일주일, 한 달, 1년 등으로 세분화해서 그때그때 이루고 싶은 목표를 분명하게 적어 넣는다. 또 하루하루 해야 할 일과 목표처럼 작은 일들도 꼼꼼히 적어두고 체크해 나가는 것이 좋다. 이렇게 해서 하루의 목표, 일주일의 목표를 이루어가다 보면 1년의 목표는 저절로 이루어지게 된다. 이 비전서는 나의 게으름을 물리치고 기운을 북돋워주는 최고의 비약이 될 것이다.

나에게
힘을 주는
한마디

나의 비전

나의 목표

- 1주일 목표

- 1개월 목표

- 1년 목표

- 3년 목표

- 5년 목표

목표의식이
분명해야 한다

꿈을 이루기 위한 길에서 가장 중요한 것은 변화다. 꿈을 이루는 데 열정이 필요한 것은 바로 변화를 만들어내기 위한 동력이 필요하기 때문이다. 그래서 열정의 다른 이름은 바로 실천이다. 실천력이 없는 사람은 진짜 열정가라고 할 수 없다. 그들은 그저 몽상가일 뿐이다. 꿈에 젖어 달콤함만 상상할 뿐, 그것을 진짜 내 것으로 만들려는 에너지가 부족한 것이다.

참된 열정은 목표를 향해 끊임없이 달리는 무한 에너지의 모습이다. 분명한 꿈을 향해 하루하루 나를 변화시켜 나가고 실천하는 열정, 그것이 진짜다. 어렵게 꿈을 찾았는데도 '오늘 하루만 더 늦

잠 자고……’, ‘게임 한 시간만 더 하고……’ 하며 자꾸만 미루고 게으름을 부리다 보면 절대 이루어지지 않는다. 정말로 꿈을 이루고 싶다면 무기력한 몽상을 떨쳐버리고, 뜨거운 열정을 가지고 달려 나가야 한다.

같은 일을 하더라도 쉽게 지치는 사람이 있는가 하면 며칠 밤을 새우더라도 전혀 피곤한 줄을 모르고 즐겁게 일하는 사람도 있다. 이런 사람은 자신이 하고 있는 일을 좋아하고 즐기며 하는 사람이다. 자신이 좋아하는 일을 하는 사람은 여간한 역경에는 지치지도, 굴하지도 않는다. 하지만 하기 싫은 일을 억지로 하고 있자면 지겨워서 온몸이 뒤틀리고 좀체 시간이 가지 않는 경험을 해봤을 것이다.

컴퓨터 게임을 좋아하는 사람은 두 시간, 세 시간씩 컴퓨터 게임을 해도 전혀 지루하거나 피곤한 줄을 모른다. 어떨 때는 밤을 꼬박 새워도 끄떡없고, 조금이라도 더 하고 싶어 안달이다. 하지만 이런 사람들에게 바둑판을 쥐어주면 어찌할 바를 모르고 몸을 비비적거린다. 10분만 앉아 있어도 1시간도 더 된 것 같고, 희고 검은 바둑알이 어른거리며 졸음이 쏟아지고 만다.

신기술과 부의 상징이며 컴퓨터의 황제인 빌 게이츠는 컴퓨터 운영체제와 소프트웨어 개발의 선구자다. 컴퓨터의 역사는 곧 마이크로소프트의 역사라고 할 정도로, 지난 30여 년 간 그와 그가 설립한 마이크로소프트가 우리에게 미친 업적은 실로 막대하다. 이제 우리는 하루라도 컴퓨터를 떠나 살 수 없게 되었다.

빌 게이츠는 일찍이 '손가락 하나로 모든 정보를' 다룰 수 있는 컴퓨터를 만들겠다는 열정에 사로잡혔다. 1967년 레이크사이드에 입학하면서부터 컴퓨터와 관계를 맺기 시작한 그는 이후 하버드대학교 법학과에 입학하기도 했지만, 컴퓨터에 대한 열정은 세계 최고의 권위를 자랑하는 하버드 법학 학위조차 내팽개치게 만들었다. 그는 지금까지 40여 년을 컴퓨터만 만지며 살고 있는 열정가다. 그가 신기술 예측의 귀재이며 냉혹한 경쟁자로 불리는 것 또한 자신의 분야에 매진하는 열정 때문인 것이다.

우리가 어떤 일을 할 때 지루함을 느끼고 자꾸만 시계를 쳐다보게 되는 것은 그 일에 열정을 가지고 집중하지 못했기 때문에 생기는 현상이다. 열정은 일종의 심리적 에너지이기 때문에 일에 대한 주관적인 가치와 감정이 큰 영향을 미치게 된다. 똑같은 시간이라 하더라도 좋아하는 일을 할 때는 시간이 짧게만 느껴져 아쉽고, 싫어하는 일을 할 때는 지루해서 하품만 나온다.

꿈을 향해 달려갈 때도 마찬가지다. 자신이 정말로 원하는 꿈을 향해 즐거운 마음으로 달려가다 보면 중간에 만나게 되는 크고 작은 어려움도 너끈히 이겨낼 수 있게 된다. 내가 좋아하는 일을 하기 위해서는 작은 고난쯤은 충분히 이겨낼 수 있다는 마음의 자세가 되어 있기 때문이다. 이때의 위기와 고난은 오히려 꿈을 향해 달려가는 길에 나타나는 작은 변화 내지는 재미로 여기게 된다.

발레리나가 되기 위해 연습에 매진하다 보면 발톱이 빠지는 고통에 직면하게 된다. 하지만 발레리나라는 멋진 꿈을 향해 달려가는 순간에는 그 정도 고통쯤은 실력이 늘어가고 몸이 단련되어 가는 증거로 받아들여 오히려 웃을 수 있는 것이다.

하지만 자신의 의지와는 상관없이 부모님이 정해주신 꿈을 향해 걸어가다 보면 자그마한 어려움만 닥쳐도 금세 좌절하고 포기해버리고 만다. 핑계가 있을 때 어떻게든 도망가고 싶다는 생각이 먼저 들기 때문이다.

부모님이 건강을 위해 마라톤을 하라고 했다고 하자. 하지만 나는 몸을 움직이는 일은 딱 질색이다. 하기 싫은 달리기를 억지로 하려니 온몸이 쑤시고 안 아픈 데가 없다. 또 달리기를 할 때마다 숨이 턱까지 차오르고 가슴이 터질 것만 같다. 어느 정도 운동의 수위가 올라가면 한계를 맞게 된다. 이 한계를 극복하고 한 단계 성장하기 위해서는 한계상황처럼 느껴지는 고비를 이를 악물고 넘어서야 한다. 하지만 자발적인 의지와 열정이 없는 사람에게 이 고비는 너무 높은 산이다. 이를 악물고 고개를 넘기보다는 쓰러져서 병원에 실려 가는 편을 택하게 된다. 꼭 해야 하는 일이 아니라는 생각이 들면 몸이 먼저 알고 그에 합당한 반응을 준비하는 것이다.

선천적으로 파워나 열정이 넘치는 사람이 있는가 하면 매사에 냉랭하고 열정이 부족한 사람도 있다. 또 마음속에는 열정이 차고 넘치지만 기운이 부족해서 남들처럼 열심히 뛰거나 쾌활하게 활동하지 못하는 사람들도 있다. 이들 모두에게 도움이 되는 방법이 있는데, 그것은 도중에 수시로 목표를 점검하는 것이다.

장래의 꿈은 대한민국을 대표하는 컴퓨터공학자인데, 하루 종일 만화책이나 보고 컴퓨터 게임만 하고 있다면 그 꿈을 이룰 수 있는 준비가 전혀 안 되어 있다고 볼 수 있다. 컴퓨터 전문가가 되고 싶다면 전망이 밝은 분야는 어느 쪽인지, 지명도가 높은 대학은 어디인지 꼼꼼하게 알아보아야 한다. 또 학교에 입학하려면 성적을 어느 정도 올려야 하는지, 미리 따놓으면 좋은 자격증에는 어떤 것들이 있는지 알아보고 그에 따른 준비를 해나가야 한다. 앞으로는 특정 수상경력이나 자격증, 뛰어난 개인기량 등을 통해 입학할 수 있는 기회도 많아지기 때문에 자신의 꿈에 다가갈 수 있는 다양한 방법을 알아보고 하나씩 실천해 나간다.

이처럼 수시로 목표를 점검하고 그에 따른 준비를 해나가는 것은 자신의 꿈이 무엇인지, 지금 자신이 똑바로 가고 있는지 등을 확인하는 길이다. 설령 지금의 작은 행동들이 장기적인 꿈이나 비전에 직접적인 영향을 미치지 못한다 하더라도 괜찮다. 지금 내가 꿈을 품고 그것을 향해 매진하고 있다는 것만으로도 힘이 생기기 때문이다. 목표의식을 점검하고 되새기는 것만으로도 열정이 되살아나고 꿈을 향해 나아가는 길이 드러난다. 장기적인 비전과 세부적인 목표들을 눈에 띄게 정리해 두고 수시로 확인하고 점검하며 진로를 만들어 보자.

깨어 있지 않으면
기회는 날아가 버린다

개구리는 물의 온도가 15℃ 정도일 때 가장 왕성하게 활동한다. 그런데 15℃의 물에 개구리를 넣고 불을 지펴 아주 천천히 온도를 올리면 개구리는 20℃가 넘고, 30℃가 넘어도 물은 온도변화를 감지하지 못한다고 한다. 그렇게 물은 온도가 45℃ 정도에 이르면 개구리는 그만 죽고 만다. 이 개구리는 계속되는 자극에 감각이 무뎌져 죽음이 다가오는 줄도 모르는 것이다.

사람도 마찬가지다. '매너리즘(Mannerism 틀에 박힌 일정한 방식이나 태도를 취함으로써 신선미와 독창성을 잃는 일)'에 젖어 감각이 죽어버리면 외부에서 일어나는 변화에 신속하게 대처하지 못하게 된다.

오늘이 어제 같고, 내일이 오늘 같다고 생각하며 습관적으로 지내다 보면 나에게 주어지는 가장 좋은 기회가 날아가 버릴 수도 있다는 점을 명심해야 한다.

내 마음이 원하는 것이 무엇인지 분명하게 알고 있어야 한다. 이 소통의 통로가 막히면 매사 일이 풀리지 않고 답답함을 느끼게 된다. 세상은 빠르게 변하고 있는데, 나는 혼자만의 세계에 갇혀 옛날 생각만 하고 있다가는 도태되기 십상이다.

예전에는 사법고시를 공부하는 사람들이 절에 들어가서 세상과 담을 쌓고 공부하는 경우가 많았다. 하지만 이제는 모두들 학원을 다니고 고시원에서 정보를 교류하며 공부를 한다. 시험이란 것이 사회변화에 따라 경향이 달라질 수 있고, 없던 과목이 추가되거나 중요하게 여겨지던 과목의 비중이 낮아질 수도 있다. 현대사회의 모든 것이 그렇듯, 특히 시험은 정보전이다.

희망하는 대학의 내신 성적 반영 비율이 어떻게 변했는지도 모르고 시험 준비를 한다면 결코 좋은 점수를 낼 수 없다. 또 전혀 신문도 안 보고, 독서도 안 하고 교과공부만 한다면 논술시험에서 절대 좋은 점수를 낼 수 없다.

변화는 내 안에서도 일어난다. 우리는 나이를 한두 살 더 먹고, 학년이 올라가고, 만나는 친구들과 선생님이 달라지면서 새로운 경험을 하고 시행착오를 겪어가며 조금씩 성숙한다. 집안 환경 역시 수시로 크고 작은 변화를 겪게 된다. 아버지나 어머니가 승진을 할 수도 있고, 가족 중 누군가가 병에 걸릴 수도 있다. 때로는 명절이나 결혼식 같은 친척들과의 모임에서도 새로운 경험을 하게 된다.

이 과정에서 사람은 달라질 수밖에 없다. 그러면 안으로부터 작은 변화들이 하나둘 생겨난다. 특히 성장기의 청소년들은 작은 변화도 자신을 성장시킬 수 있는 계기가 될 수 있으므로 항상 민감하게 변화를 감지해야 한다. 변화의 자극은 외부에서 시작될지라도 내부적으로 일어나는 변화야말로 인생을 뒤바꿀 수 있다.

감각을 곤추세우는 것은 이처럼 내부의 작은 변화를 스스로 감지해내는 데도 중요한 기능을 한다. 나와 내 주변의 환경을 잘 읽고 시기적절하게 반응할 줄 알아야 생각을 탄력적으로 운용할 수 있게 된다. 꿈은 굳은 신념 위에 자리를 잡아야 하지만, 그 열정의 방향에는 융통성이 있어야 함을 잊어서는 안 된다. 사람은 직접적으로건 간접적으로건 자신이 경험한 정도밖에 알 수 없는 만큼, 경험이 늘어나면 그만큼 생각의 깊이가 달라지기 때문이다.

얼마 전, 2014년 동계올림픽 유치에 나섰던 평창이 고배를 마시고 말았다. 연이은 패배인지라 아쉬움이 더욱 컸다. 최후까지 평창과 접전을 벌인 곳은 러시아 소치. 올림픽은 결국 동계 스포

츠의 강국인 러시아로 넘어가고 말았다. 이날 세계적으로 화제가 된 인물이 바로 블라디미르 푸틴이다.

푸틴 러시아 대통령은 영어와 불어를 함께 사용하며 열정적으로 소치 지원을 역설했다. 러시아어를 고집하며 좋은 기회를 날려버리는 것보다 잠깐의 자존심을 접음으로써 더 큰 것을 얻어내겠다는 계산이었을 것이다. 이런 푸틴의 모습에 IOC 위원들도 호의적인 반응을 보였다고 한다.

구 소련의 KGB 첩보요원이었던 푸틴은 보리스 옐친 대통령을 보좌하면서 권력의 중심에 다가선 인물이다. 2000년, 옐친 사임 이후 압도적인 지지를 받으며 대통령에 올랐고 국민의 신임을 얻으며 재임에 성공했다. 소련의 와해 과정을 온몸으로 겪고 최고 권좌에 오르기까지 그는 변화를 이끌어낸 깨어 있는 대통령이다. 러시아 정부를 재정비하고 경제를 부흥시키기 위한 그의 노력은 우리에게 늘 깨어 있으면서 기회를 잡으라고 이야기하고 있다.

멀리 보는 사람은 사소한 감정에 연연하지 않는다

사회에 나와 활약하기 위해서는 통상적인 학업과정을 거친다면 적어도 7년, 여기에 석사나 박사 과정을 더하고, 남자의 경우 군대에 다녀오는 기간까지 합치면 만만치 않은 시간을 투자해야 한다. 또 유학이라도 다녀올라치면 10년은 훌쩍 넘어갈 것이다.

이 시간 동안 지치지 않고 달려가려면 시선을 보다 멀리 두고 마음을 대범하게 가져야 한다. 당장 눈앞에 펼쳐진 중간고사나 기말고사, 고등학교나 대학 입시 정도에만 마음이 매여 있다면 10년을 두고 달려가야 할 장기 레이스에서 경쟁력을 상실할 수밖에 없다.

열정이 필요하다고 해서 미친 듯이 몰아붙이라는 이야기는 아니다. 우리가 가고 있는 이 길은 하루 이틀에 끝날 여정도 아니고, 목숨을 걸고 싸워야 하는 전쟁도 아니다. 마라톤을 해야 할 사람이 처음부터 100m 단거리 선수처럼 전력질주를 해버린다면 결국 목표한 거리를 완주하지도 못하고 중도에 손을 들고 나오는 일이 생기게 된다. 중간고사나 기말고사를 미리 준비할 때도 마찬가지다. 한 달이나 몇 주의 계획을 세우고 꾸준히, 차근차근 공부하지 않으면 처음 며칠 공부하고 시험을 앞두고 벼락공부를 할 수밖에 없다. 어떤 일이건 무리하지 않으면서 애초의 목표를 달성해 내려면 힘 조절이 필요한 것이다.

꿈을 향해 달려 가는 길에는 즐거움이나 기쁨, 슬픔이나 고통 등 수많은 난관이 도사리고 있다. 시시때때로 주어진 자극이 긍정적이건 부정적이건 마음을 다스리지 못하면 자칫 시간을 낭비하거나 잘못된 길로 접어들 수 있다. 언제 어디서 어떤 복병이 나타날지 모르는 것이 꿈의 여정인 만큼, 보다 담대한 용사로서의 자세가 필요하다. 내가 내 인생을 지키는 용사가 되어 모든 일에 당당하게 맞서야 외부의 변화나 자극에 흔들리지 않고 삶을 이끌어 갈 수 있는 것이다.

게임을 할 때도 마찬가지가 아닌가. 마지막에 가장 강력한 몬스터와 싸워야 하는데, 가는 길에 레벨업을 하느라 기운을 다 빼버리거나 무기를 잃어버리면 퀘스트를 깨는 경험에 접근조차 할 수 없게 된다. 게임의 스토리와 구성을 파악하고 퀘스트 전체를 이해한 뒤 단계별로 넓고 멀리 보는 안목을 길러야 한다. 게임이 어떻게 전개될지 다음 단계에서 내가 준비해야 할 것은 무엇인지 미리미리 파악하고 있어야 실수를 줄일 수 있다.

꿈을 향한 여행을 건강하고 즐겁게 마무리하려면 마음을 넓게 가지고 사소한 감정에 연연해서는 안 된다. 친구가 서운하게 했다고 해서 며칠씩 거기에 마음이 매여 방황하고, 엄마한테 꾸중 한 번 들었다고 하루 종일 입술을 삐죽거려봤자 나만 손해다. 마음을 편안하게 먹고 생각을 너그럽게 가져야 긍정적인 기운이 몸과 마음에 가득차게 된다.

누구나 순간순간 기분이 나쁘거나 우울할 수는 있다. 하지만 한 순간의 느낌은 한 달, 1년, 10년을 놓고 길게 보면 아무것도 아닐 수 있다. 10년의 여정을 계획하는 사람은 10초의 화를 참을 줄 알아야 한다. 지금 당장은 절대 받아들일 수 없는 큰일이고 참을 수 없을 사건 같지만 조금만 시간이 지나서 되돌아보면 사소하고 별것 아닌 일처럼 느껴질 수도 있다. 기분이 안 좋을 때는 우선 그 이유를 정확히 분석하고, 대화로 해결할 수 있는 문제는 그때그때 풀어버리는 것이 좋다.

다른 사람에 대한 미움이나 짜증, 슬픔 등을 마음속에 담아두면 그것은 고인 물처럼 썩은 냄새를 풍기게 된다. 좋은 기운만 가지고 시작해도 어려운 꿈의 여정에서 처음부터 사소한 감정에 연연해 마음의 평정을 잃어버린다면 결국 손해는 순전히 내 몫으로 돌아온다. 좋은 기운만 가득 채우고 고요한 마음과 심신의 평정을 유지하는 것이 자신의 큰 무기가 된다.

꿈의 여정은 몸과 마음이 함께 전진해야 하는 길이다. 몸에 병이 나거나 마음이 아프면 열정도 사그라지게 마련이고 집중력도 떨어져 주어지는 퀘스트를 하나하나 깨야 하는 의미를 잃어버리게 된다. 어차피 끝까지 가야 하는 여정인데도 여행의 기쁨을 제대로 느낄 수 없게 되는 것이다.

그렇게 되면 이 여정은 고통의 연속으로 돌변하고 만다. 공부 하나만 놓고 봐도 그렇다. 다른 일에 마음을 뺏기거나 몸이 아프면 책을 펴도 눈에 들어오는 것이 없다. 수업시간에도 몸은 교실에 앉아 있지만 마음은 엉뚱한 곳에 가 있기 일쑤고, 학원 갈 시간에 하릴없이 길거리를 배회하기도 한다. 도서관에서도 낙서나 하고 엉뚱한 책이나 뒤적이며 시간을 흘려버린다. 또 시험을 치기 전에는 불안해하며 빈둥거리고 시험을 치고 난 뒤에는 떨어진 성적 때문에 괴로워하면서 시간을 허비한다.

어릴 때부터 영재니 천재라는 소리를 들으며 성장한 친구들이

크면서는 소리 소문 없이 사라져 버리고 마는 것은 앞서가던 머리만큼 마음이 뒷받침을 못해주었기 때문이다. 마음속에 자만이 들어차 자기계발을 게을리 하거나 주변의 기대감에 대한 부담을 벗어나지 못했거나 자신을 제대로 간수하지 못해 몸이 병든 경우도 많다. 이렇게 되면 타고난 능력 따위는 아무 소용이 없게 된다.

성장에 고통이 따르는 것은 당연하다

나비의 애벌레는 고치를 틀기까지 보통 네댓 번의 탈피 과정을 거치게 된다. 몸이 커감에 따라 그동안 몸을 감싸고 있던 작고 딱딱한 껍질을 벗어버리고 부드럽고 화사한 피부로 다시 태어나는 것이다. 물론 그 과정에는 많은 고통이 수반된다. 또 개중에는 탈피 과정을 제대로 마치지 못하고 일찌감치 생을 마감하거나 허물을 벗으려 애쓰다 채 마무리하지 못하고 죽어가는 애벌레도 많다. 그 과정을 지켜보자면 안타깝기 그지없지만 누군가 옆에서 도와줄 수도 없다. 성장 과정에서 주어지는 고난과 역경은 스스로 이겨낼 때만 숨겨진 가치를 드러내기 때문이다.

하지만 탈피의 고통이 두렵다고 해서 성장을 피할 수도 없고, 익숙한 허물이 편안하다고 해서 낡은 허물을 걸친 채 성장할 수도 없는 법이다. 과거의 허물을 고집하기에는 내 몸은 이미 커버렸고, 자신이 지켜온 가치도 시간이 흘러 되돌아보니 한낱 아집에 불과할 수도 있다. 이미 내가 달라졌음에도 불구하고 고집스레 지키고 있던 습관도 있다. 성장이란 바로 이렇게 묵은 허물을 하나하나 벗어가는 과정인 셈이다.

물론 오래된 가치와 습관을 바꾸는 일은 말처럼 쉽지 않다. 이 일은 마치 그간의 나를 부정하기라도 하듯 아프고 고통스럽다. 피할 수만 있다면 피하고 싶은 과정이다. 십자가에 못 박힘으로써 우리를 구원하신 예수님조차 그 고통을 피할 수만 있다면 피해가고 싶다고 눈물로 기도했었다. 고통이 좋아서, 또는 고통이 두렵지 않아서 웃으면서 불속으로 걸어 들어갈 수 있는 사람은 아무도 없다. 꼭 가야 하는 길이고 필요한 일이기에 두려움을 무릅쓰고 감행하는 것이다.

이제 자신을 돌아보자. 자신의 모습을 안과 밖에서 꼼꼼하게 살펴보며 지금의 나에게 걸맞지 않은 습관은 없는지, 하루 빨리 버려야 할 나쁜 버릇은 없는지, 부모님이나 선생님이 벗어나야 한다고 조언하는 고정관념은 없는지 점검해 보자. 이렇게 낡은 허물을 하나씩 벗어낼 때마다 조금씩 성장하는 나를 만나게 될 것이다.

하루의 시작과 마무리는 체조와 호흡으로 한다

늦게야 학교에서 돌아와 학원에, 숙제에 시달리다 보면 12시를 훌쩍 넘기는 것이 보통이다. 피곤한 몸을 이끌고 밤늦게야 잠이 들면 아침 일찍 일어나는 일이 쉽지 않다. 아침은 산뜻한 하루의 시작이 아니라 차라리 지옥에 가깝다. 하지만 학교를 안 갈 수도 없고……. 어쩔 수 없이 나른하고 편안한 이불을 털고 일어설 수밖에 없다.

한창 잠이 많을 청소년기에 아침 일찍 일어나는 일은 여간 고역이 아니다. 하지만 어쨌거나 하루를 시작하는 것은 누구에게나 주어진 숙제다. 하루의 주인이 되어 주인으로서의 삶을 살 것이냐,

시간의 노예가 되어 하루 종일 투덜거리며 끌려 다닐 것이냐는 스스로 결정해야 한다.

아침 시간부터 늑장을 부리고 온갖 핑계를 갖다 붙여서 게으름을 부린다면 그렇지 않은 친구들에 비해 경쟁력이 떨어질 수밖에 없다. 눈을 뜨는 순간부터 경쟁력이 떨어진다면 어떻게 기나긴 꿈의 여정에서 앞서나갈 수 있겠는가. 어느 날 하늘에서 뚝 떨어져 거저 주어지는 승리는 이 세상에 없다. 인생의 승리는 하루하루가 이어져서 생기는 것임을 잊어서는 안 된다.

그렇다면 기왕에 맞는 아침을 보다 상쾌하게 맞이할 수 있는 방법은 없을까? 물론 아침에 상쾌하게 일어나기 위해서는 일찍 자는 것처럼 좋은 것이 없다. 충분한 수면을 통해 몸이 휴식을 취하면 아침 햇살에 저절로 눈이 떠지기 때문이다. 하지만 잠을 반으로 줄여도 모자랄 중고등학교 때, 충분한 수면이란 호사스럽게만 느껴진다. 어떻게든 지쳐 쓰러지지 않을 만큼만 자고, 탈진하거나 영양실조에 걸리지 않을 만큼만 먹으면서 친구들과 경쟁을 해야 한다. 그래서 우리에겐 부족한 잠을 대신할 만한 차선책이 필요하다.

호흡과 체조는 맑은 정신을 유지하기에 좋은 활동이다. 사람의 뇌는 휴식과 수면, 체액순환 등을 통해 피로를 해소하지만, 더 중요한 것은 맑은 공기를 공급해주는 것이다. 휴일에 산이나 수목원 같은 곳엘 다녀오면 집에서 하루 종일 잠을 잔 것보다 훨씬 더 기분이 상쾌하고 몸이 가벼워지는 것을 경험해 본 적이 있을 것이다. 그것은 숲 속에서 맑은 공기를 양껏 들이마시고 왔기 때문이다.

꼭 산이나 공원에 가지 않더라도 이런 효과를 낼 수 있는 방법이 있는데, 그것은 호흡이다. 사람은 하루에 16kg의 공기를 들이마셨다 내뱉는다. 한 번에 보통 3.9ℓ 정도의 공기를 들이마시는데, 폐에 남아 있는 공기의 양은 1.2ℓ 밖에 안 된다. 특히 잠잘 때 호흡하는 공기는 500cc에 불과하다.

그래서 잠들기 직전과 잠에서 깨어난 직후에는 호흡을 깊게 해주는 것이 좋다. 배꼽 부위에 주의를 집중하고 배가 들썩이도록 깊게 들이마셨다 완전히 내쉬는 복식호흡을 해주면 혈액의 순환을 원활하게 해 정신을 맑게 해주는 효과가 있다. 이렇게 깨끗한 산소가 온몸 구석구석 전달되면 잠을 적게 자도 피로가 풀리고 짧은 휴식만으로도 정신이 맑아지는 것을 경험할 수 있다. 하루를 상쾌하게 시작하고 싶거든 깊게 호흡하며 몸과 마음을 다스려라.

두 번째 방법은 바로 체조다. 체조라고 해서 특별히 어려울 것은 없다. 온몸을 천천히 움직여 안 쓰던 근육들을 움직여주고, 뼈근하게 뭉쳐 있던 근육과 관절들을 풀어주는 맨손체조면 충분하다. 체조는 몸과 정신을 반짝 깨워줄 뿐만 아니라 미용효과도 아주 뛰어나다. 이미 살이 찐 다음에 힘들게 다이어트를 하는 것보다 날마다 조금씩 운동을 해주는 것이 훨씬 더 쉬운 일이기 때문이다. 체조를 계속 해주면 등이나 옆구리처럼 살이 찐 다음에 빼기 어려운 곳의 부분비만을 예방할 수 있어서 좋다.

아침에 일어나자마자 팔다리를 움직여 찌뿌듯한 근육을 풀어주고 등과 옆구리, 목, 어깨 등을 풀어주면 잠이 싹 달아나며 개운하게 하루를 시작할 수 있다. 또 잠자리에 들기 전에도 가볍게 체조를 해주면 한결 잠이 잘 오고 다음날 아침에 일어나기도 수월하다. 이렇게 체조를 하는 일이 처음에는 어색하고 귀찮게 여겨지지만, 며칠만 하면 금세 습관이 들어 안 하면 오히려 몸이 무거운 느낌이 들 것이다.

체조는 보통 5~10분 정도면 충분하다. 길게 하는 것보다는 동작 하나하나를 정확하게 해서 안 쓰던 근육이 쭉쭉 늘어나는 느낌이 들도록 하는 것이 중요하다. 또 처음에는 어떤 동작을 어떻게 해야 할지 몰라 헷갈릴 수 있으므로 나름대로 순서를 정해서 벽에 써 붙여놓고 하는 것이 좋다.

일주일 정도 해보면 어떤 동작을 추가하는 것이 좋을지, 어떤 동작을 좀더 강화해주는 것이 좋을지 스스로 판단할 수 있게 된다.

그렇게 하루에 두 번 하는 것을 목표로 삼아 시작해 보면 학교에서도 수시로 체조 동작을 하고 있는 나를 발견하게 될 것이다.

집중력을 높여 학습효과를 향상시키는 7가지 방법

꿈에 근접하기 위해서 준비해야 할 것이 여러 가지가 있지만 학교에서 좋은 점수를 받는 것 또한 중요하다. 그런데 공부가 쉬운 일만은 아니다. 시험을 앞두고 밤을 꼬박 새워 공부해도 사실 투자한 시간만큼의 성과를 거두기는 어렵다. 공부는 투자한 시간도 중요하지만 얼마나 주의를 집중해서 했느냐가 성과를 좌우하기 때문이다. 밤을 새워 공부를 하면 '공부했다'는 생각에 불안감은 덜할 수 있지만, 몸은 몸대로 피곤하고 머리는 머리대로 멍해서 오히려 시험을 망칠 수 있다. 학습효과는 집중력에 달려 있다. 집중력을 높여주는 환경과 습관을 만들어 능률을 높여보자.

1. 공부는 반드시 책상에 앉아서 한다.

TV를 보고 싶은 마음이 너무나 간절한 나머지 거실에 엎드려 공부하는 친구들이 있다. 더러는 소파나 침대에 드러누워 공부하기도 하고, 5분마다 한 번씩 장소를 옮겨가며 공부를 하는 친구들도 있다.

하지만 이런 태도로는 집중력을 기대할 수가 없다. 정말로 공부를 할 생각이라면 반드시 책상에 앉아야 한다. 책상에 앉을 때도 한쪽 팔을 책상에 기대고 삐딱하게 몸을 기울여 앉으면 집중이 되지 않는다. 의자에 반듯하게 앉아 허리를 펴야 집중력이 높아진다. 공부를 하려거든 제대로 해야 한다. 공부를 하는 시늉만으로는 아무 도움이 되지 않는다.

2. 공부와 상관없는 외부 자극을 최소화한다.

공부를 하려면 외부의 자극요소를 최소화해야 한다. 공부하는 책상에 이런저런 장난감을 잔뜩 올려놓으면 시선이 분산되어 집중할 수가 없다. 또 문을 열어놓고 엄마가 밖에서 무엇을 하시는지, TV에서 어떤 프로그램을 하는지 일일이 신경 쓰다 보면 공부를 하는 것도, 안 하는 것도 아니다.

책상 위는 언제나 말끔하게, 가급적 컴퓨터도 다른 곳에 두는 것이 좋다. 우리 친구들 중에는 종종 음악을 틀어놓고 공부하는 사람도 있는데, 이런 습관은 집중력 향상에는 도움이 되지 않는다. 방문을 닫아 밖에서 나는 소리를 차단해야 한다. 집중력이 약한 사람들은 아주 사소한 자극에도 금세 마음이 움직이기 때문에 가급적 조용하고 깨끗한 분위기를 만들어야 한다.

3. 하루하루의 목표를 아주 구체적으로 세운다.

밖에서 주어지는 자극요소도 중요하지만 내부적인 자극을 지혜롭게 이겨내는 것도 집중력을 높이는 데 중요하다. 5분만 혼자 있어도 온갖 생각들이 머릿속을 오가고 깜빡 잊고 있었던 사소한 일들이 떠올라 한시도 가만히 앉아 있지 못한다면 마음을 다스리는 일부터 시작해야 한다.

이때 가장 좋은 방법은 목표의식을 명확히 하는 것이다. 예를 들어 '9시부터 10시까지 영어' 이런 식으로 계획을 세우지 말고, '영어 단어 10개와 응용문장 하나씩 외우기' 처럼 구체적인 목표를 세워놓으면 마음이 흐트러지는 것을 막을 수 있다. 그 시간에 해야 할 목표가 분명하기 때문에 다른 생각을 할 겨를이 없는 것이다.

4. 공부방 공기를 깨끗하게 유지한다.

공부방의 공기가 나쁘면 집중력이 떨어질 뿐만 아니라 건강도 해치게 된다. 방안의 공기를 깨끗하게 해주는 가장 쉽고 확실한 방법은 환기를 자주 하는 것이다. 공기순환이 잘 안 되는 실내 공기는 바깥 공기보다 5배 이상 혼탁하다고 한다. 또 공기를 정화하고 신선한 산소를 내뿜는 식물을 방안에 두는 것도 좋은 방법이다. 벤자민이나 피스릴리, 고무나무 같은 식물을 방안에서 기르면 공기를 깨끗하게 유지하는 데 도움이 된다. 이 식물들은 이산화탄소를 없애는 능력이 뛰어나 맑은 산소를 내뿜어 우리의 머리를 맑게 하고 기분을 상쾌하게 해준다.

5. 스탠드로 집중조명을 해주면 집중력이 높아진다.

공부하기에 가장 좋은 조명은 햇빛이다. 햇빛이 잘 드는 방을 공부방으로 마련하는 것이 가장 좋은데 눈의 피로를 덜어주는 자연광 램프나 스탠드를 구입해 방안의 조명을 조절해 주면 좋다. 공부방의 전체조명은 직접조명보다는 벽에 부딪쳐 반사되는 빛을 이용하는 간접조명이 좋다. 전체적으로 은은하고 부드러운 조명을 유지하면서, 책상 위에 스탠드를 켜서 집중조명을 해주면 집중력을 높이는 데 도움이 된다.

6. 과식은 금물, 적당한 식사로 몸을 가볍게 한다.

시간에 쫓기다 보면 식사를 마치자마자 책상에 앉게 된다. 특히 시험기간에는 공부를 하건 안 하건 책상에 앉아야 마음이 편해진다. 그러나 식후에는 피가 위장 쪽으로 몰리기 때문에 머리를 쓰는 일에 대한 집중력은 떨어질 수밖에 없다. 식사를 마친 뒤에는 30분 정도 휴식을 취해주는 것이 좋다. 또 식사의 양도 조절해야 하는데, 배가 부르도록 계속 음식을 먹게 되면 숟가락을 내려놓은 뒤에는 '배가 터질 것 같다'는 말이 절로 나오게 된다.

배가 부르면 만사가 귀찮고 무기력해진다. 음식은 천천히 한두 숟가락 부족하다 싶은 정도에서 마무리하는 것이 좋다. 특히 식사시간이 아닌 때 과자 같은 간식을 지속적으로 섭취하는 것은 위장을 피곤하게 하는 주범이다. 간식은 되도록 삼가되 배가 고프거나 입이 심심할 때는 과일이나 채소를 준비해 두었다가 먹는 것이 좋다.

7. 머리를 식힐 때는 책상에서 멀리 떨어진다.

불안한 마음은 이해하겠지만 하루 종일 책상 앞에만 앉아 있다고 해서 공부가 저절로 되는 것은 아니다. 공부시간과 휴식시간을 적당히 안배해서, 공부할 때는 집중적으로 공부하고 쉴 때는 책을 덮어두고 쉬는 것이 오히려 효율적이다. 그렇다고 해서 책상에 앉은 채로 바로 컴퓨터를 켜는 것도 좋지 않다.

책을 덮고 휴식을 취할 때는 가급적 책상에서 멀리 떨어져 있는 것이 좋다. 한 시간에 10분쯤은 공부방 문을 활짝 열어서 환기를 시켜놓고 거실에 나와 가족들과 이야기를 나누거나 시원한 물이라도 한 잔 마시며 기분을 전환하는 것이 좋다. 휴식시간에는 그렇게 완전한 휴식을 취해주고 다시 책상에 앉아야 머리가 개운하고 집중력이 높아진다.

열정은 **도전**의 원천이다

꿈이 있고 그것을 향한 열정이 있는 사람은 도전을 두려워하지 않는다.

낯선 길이나 경험은 언제나 우리를 위축되게 만들지만 도전정신이 있는

사람들은 끝없는 도전을 통해 자기 자신을 업그레이드해 나간다.

어려움이 닥쳤을 때 도망가지 않는 것만으로도 우리에겐 큰 도전이 된다.

도전은 언제나 실패의 가능성을 안고 있지만 실패가 두려워서 그 자체를

포기하고 만다면 절대 앞으로 나아갈 수 없다.

망설임을 떨쳐내고 도전하는 것만으로도 우리 친구들에겐 큰 의미가 있다.

4

위대한 탐험가
박영석 대장의 신념과 도전

세계 최초로 산악 그랜드슬램을 달성한 박영석 대장은 전 세계 산악인들에게 위대한 탐험가로 존경받는 인물이다. 산악 그랜드슬램이란, 세계 7대륙 최고봉, 히말라야 8000m급 14개 고봉과 지구의 3극점 등반을 모두 달성하는 것을 말한다. 뿐만 아니라 그는 아시아 최초 에베레스트 무산소 등정에 성공했으며, 세계 최단기간에 무보급으로 남극점에 도달하기도 했다. 그 외에도 산악과 극지에서 그가 세운 기록은 셀 수 없을 만큼 많다.

세상 사람들이 그를 기억하고 존경하는 것은 그의 꺾이지 않는 투혼과 끝없는 실패를 딛고 일어서는 도전정신 때문이다. 에베레스트를 등정하는 도중 안면이 함몰되는 큰 부상을 입은 적도 있고, 북극점 탐험에서 실패의 쓴잔을 마신 적도 있다. 등반 때마다 내 몸처럼 사랑하는 대원들을 잃기도 수차례, 그 외에도 수많은 실패가 잇따랐지만 그는 꿈을 포기하지 않았다.

결국 그는 에베레스트는 물론 세계의 모든 산과 땅의 정상에 오른 위대한 탐험가가 되었다. "단 1%의 가능성만 있어도 절대 포기하지 않는다!"고 박영석 대장은 말한다. 흔들리지 않는 확고한 목표만 있다면 에베레스트건 북극이건 이르지 못할 곳이 없다는 굳은 믿음이 오늘의 그를 만든 것이다. 그의 도전정신 뒤에는 이렇게 산을 옮길 만큼의 믿음과 용기가 자리하고 있었다.

사람의 인생에는 세 번의 큰 기회가 찾아온다고 한다. 하지만 중요한 건 세 번이 아니라 수십 번의 기회가 오더라도 그것을 자신 있게 행동하는 도전정신이다. 도전하지 않는다면 그것은 나를 위한 기회가 되지 않는다. 꿈을 향해 나아가는 용기는 도전정신이 있을 때 가능하다.

나비의 애벌레가 애벌레의 생활을 마감하고 고치를 틀어 번데기의 상태로 들어가는 것도 마찬가지다. 고치를 트는 순간 애벌레는 기나긴 시련의 길로 접어들게 된다. 더 이상 몸을 움직일 수도, 먹이를 먹을 수도 없는 암흑 속에 몸을 던져야 하는 것이다. 여기에는 엄청난 용기와 도전정신이 필요하다. 언젠가 때가 되면 나비가 되어 아름다운 날개를 활짝 펴고 날아오르겠다는 꿈이 있기에 애벌레는 미지의 세계를 두려워하지 않는 것이다.

우리에게도 이런 도전의 순간이 다가온다. 이 도전을 피하지 않고 받아들여 온몸으로 부딪쳐 낸다면 황금빛으로 빛나는 아름다운 날개를 갖게 될 것이다.

꿈의 다리를 건너는 101가지 방법

새로운 과제가 주어지거나 미지의 세계가 펼쳐질 때 그것에 도전하느냐 포기하느냐는 순전히 자신의 선택에 달렸다. 자신이 없고 두려워서 포기할 수도 있고, 호기심과 기대감을 가지고 도전할 수도 있다.

하지만 새로운 일에 도전해서 그 과정을 경험해본 사람과 그렇지 않은 사람은 오래지 않아 전혀 다른 곳에 가 있게 될 것이다. 처음에는 사소한 선택의 차이인 것 같지만 시간이 갈수록 그 간격이 점점 더 벌어져 전혀 다른 곳에 도달하게 되는 것이다.

그렇게 되면 도전을 포기한 사람은 도전한 사람들이 겪은 과정과 성과를 절대 알 수 없다. 내 몸으로 도전해서 얻은 경험은 다른 사람에게 빌려줄 수도, 가르쳐 줄 수도 없는 나만의 재산이기 때문이다.

물론 인생의 가치라는 것이 객관적인 저울로 잴 수 있는 것은 아니지만, 꿈을 가지고 열정적으로 도전한 사람과 그렇지 않은 사람의 삶은 개인적인 만족도나 사회적 성공이라는 두 가지 측면 모두에서 분명 차이가 날 수밖에 없다.

황금나비스쿨 과정 중에 '꿈의 다리 건너기'라는 것이 있다. 가상의 다리를 만들어놓고 나만의 독창적인 방법으로 건너기에 도전하는 것이다. 하지만 처음부터 "제가 먼저 해 볼게요" 하며 손 들고 나서는 친구는 단 한 명도 없다. 다들 어떻게 해야 할지 몰라 망설이며 분위기를 살피는 것이다. 호기심을 가지고 서로의 안색을 살피는 눈빛을 보면 모두들 속으로는 '다리라는 게 걸어서 건너는 것 아냐? 그 외에 도대체 어떤 방법이 있다는 거지?' 하는 생각을 하는 것 같다.

그러다 한두 명 용기 있는 친구들이 도전을 시작한다. 선생님이 원하는 것이 무엇인지는 잘 모르겠지만 그냥 내 스타일대로 도전이나 해보자는 생각으로 나서는 것이다. 맨 처음 도전해 보겠다고 용기를 내서 나서는 것이 힘들어서 그렇지, 막상 시도 해보면 맨 처음에 도전하는 사람이 가장 쉽다. 그냥 늘 하는 것처럼 뚜벅뚜벅 걸어서 건너면 그만이니 말이다.

그 다음 사람은 생각을 좀 더 발전시켜서 달려서 건너본다. 그 다음 사람은 주머니에 손을 넣고 건들거리며 건넌다. 이렇게 서너 명이 도전하고 나면 너도나도 마음속에 새로운 방법을 떠올리느라 마음이 급해진다. 또 내가 생각해낸 방법을 다른 사람이 시도하기 전에 조금이라도 먼저 도전하려고 앞을 다투기도 한다. 게다가 다른 조와 시합이라도 붙으면 도전의 열기는 더욱 치열해진다.

독창적으로 꿈의 다리를 건너는 방법을 연구하고 도전해야 한다. 다른 친구들이 하기 전에, 남보다 더 새로운 방법으로 다리를 건너보는 것이다. 이렇게 도전이 즐거운 것이라는 생각이 들기 시작하면 꿈의 다리를 건너는 과제는 이미 신나는 게임으로 변해 있다.

이렇게 한 차례 다리를 건너고 나면 생각보다 다양한 방법이 시도되었다는 데 대해 모두들 신기해한다. 교육생이 20명이라면 이미 20가지 방법이 나온 것이다. 처음에는 한두 가지도 떠오르지 않아 망설이고만 있었는데, 용기를 내서 도전하다 보니 금세 20가지 방법이 나온 것이다.

이때 다시 한 번 시도할 수 있겠느냐는 질문이 주어진다. 그러면 모두들 입을 모아 "예!" 하고 소리친다. 처음과는 완전히 달라진 태도다. 처음에는 어렵게만 느껴졌지만 막상 도전해 보니 그렇게 어렵지도, 쑥스럽지도 않은 도전이었던 것이다. 또 한 번 기회가 주어진다면 더 새로운 방법으로 잘할 수 있을 것 같은 자신감도 생긴다.

이제는 춤을 추듯 스텝을 밟으며 건너기도 하고, 노래를 부르며 건너기도 하고, 눈을 감고 건너기도 하고, 오리걸음으로 건너기도 한다. 모두들 생각지도 못했던 독창적인 방법을 고안해 내며 즐겁게 도전해 나간다. 그렇게 한 차례의 도전이 끝난 뒤 한 번 더 도전의 기회가 주어져도 이미 자신감을 얻은 친구들은 더 새로운 방법으로, 더 즐거운 태도로 도전에 임한다.

그러다 보면 다리를 건너는 방법은 어느새 40가지가 되고, 60가지가 되고, 금세 80가지를 넘어서게 된다. 하지만 신기하게도 도전이 세 번, 네 번 반복되어도 다리를 건너는 방법이 바닥나지는 않는다. 머리를 써서 방법을 고안해내면 머리 속에서는 새로운 도전방법이 떠오르게 된다. 작은 도전과 성공의 경험을 통해 이미 자신감을 얻었기 때문이다. 자신감을 얻으면 도전은 즐거운 놀이로 변한다.

모든 것이 '나로부터 비롯된다'는 것을 깨달은 사람들은 세상을 주도적으로 살아간다. 모든 것이 나로부터 비롯되었기 때문에 내가 바뀌기만 한다면 세상의 모든 문제는 저절로 답을 드러내게 되어 있음을 아는 것이다. 내 곁에서 벌어지는 모든 문제는 결국 내 안에서 답을 찾아야 한다. 내가 변화되는 것만으로 모든 문제가 해결되고 무엇이든 성취할 수 있기 때문이다.

반면에 모든 것을 '너 때문에'라고 생각하는 사람은 항상 수동적이며 남에게 끌려 다니는 삶을 살아갈 수밖에 없다. 모든 문제의 원인이 다른 사람에게 있기 때문에 다른 사람이 바꿔주지 않으면 영원히 풀 수 없는 문제들 속에 갇히고 만다.

이런 식의 자세는 내 안에서 숨죽여 때를 기다리고 있는 힘의 존재를 부인하는 것이다. 하지만 이 세상 어느 누가 내 뜻대로 움직여 주겠는가. 아무도 내 문제를 대신 해결해 줄 수는 없는 법이다.

이런 사람들은 하루 빨리 내 안에 내재되어 있는 힘을 찾아야 한다. 내 안에 무한한 잠재력이 깃들어 있고 오래지 않아 나는 크고 아름다운 날개를 펄럭이며 꽃잎 사이를 훨훨 날아다닐 것이라는 신념을 가져야 한다. 혹시라도 벌어질지 모를 실패나 실수 때문에 움츠러들고 자꾸만 남의 탓을 하다가는 무엇이든 이룰 수 없다. 길을 가다보면 돌부리에 걸려 넘어질 때도 있고, 때로는 무릎이 다쳐 피가 날 수도 있는 법이다. 하지만 그 어떤 상처도 꿈에 도달하지 못하는 것보다 아프지는 않다. '죽기 아니면 까무러치기'라는 말도 있지 않은가. 최악의 상황을 각오하면 두려울 것이 없다.

여기까지,
아니면 조금 더? 오케이!

어떤 애벌레는 한두 차례 허물을 벗은 것만으로 성장을 포기하기도 한다. '이 정도면 됐어. 여기까지……. 나비는 꿈일 뿐이야. 나 같이 꿈틀거리며 기어 다니는 벌레에게 날개가 돋아나 하늘을 날아다닌 게 가당하기나 한 이야기야? 내가 이렇게 노력하고 벌써 두 번이나 힘들게 허물을 벗었는데도 별로 달라진 것이 없잖아? 나비가 될 애벌레는 따로 있는 게 분명해. 난 여기까지만 할래.'

그간의 허물벗기만으로도 충분히 힘들었던 애벌레는 이 힘겨운 변화를 그만두고 싶은 마음에 무릎을 꿇고 만다. 죽을힘을 다해서 도전하면 한두 번 더 허물을 벗을 수는 있겠지만, 반드시 나비가 될 수 있다는 보장도 없고, 굳이 그렇게까지 고생스럽게 도전하고 싶지는 않아 포기해 버리는 것이다. 누군가는 나비가 되기도 하겠지만, 그건 너무 힘든 과정이니 그냥 애벌레로서의 삶에 만족하고 주어진 대로 사는 게 낫다고 생각하는 것이다. 하지만 이런 애벌레에게는 내일이 없다. 결국 더 이상 성장하지 못하고 말라죽고 만다.

하지만 어떤 애벌레들은 두 번, 세 번 고통스런 허물벗기 과정을 겪으면서도 희망을 잃지 않는다.

'내가 이렇게 힘들게, 두 번, 세 번 허물을 벗는 데는 분명 그만한 이유와 가치가 있을 거야. 어느새 나도 이만큼 컸고, 많은 것이 달라져 있잖아. 다음번에 탈피를 하고 나면 뭔가 새로운 일이 기다리고 있을지도 몰라. 더 열심히 먹고 더 건강하게 탈피를 준비해야겠어. 조금만 더? 오케이!'

이런 생각으로 탈피에 도전하는 애벌레들은 어느 순간, 고치를 만들 때가 되었음을 알게 된다. 딱딱한 고치 속에서 얼마간의 시련을 이겨내면 뭔가 놀라운 일이 벌어질 것이라는 직감을 하는 것이다. 바로 그 순간 도전이 완성된다. 엄청난 기대감과 설렘과 두려움이 교차되면서 새로운 세계로 접어들게 된다.

대부분의 사람들은 자신에게 그리 강하지 못하다. 남에게는 엄격한 잣대를 갖다 대면서도 자기 자신에게는 한없이 관대해지는 것이 사람이다. 남의 핑계는 모두 게으름의 산물이고, 자기 자신의 핑계는 어쩔 수 없는 이유라고 편하게 생각해버린다. 친구들 사이에서도 마찬가지다. 내가 약속시간에 늦으면 "주말이라 차가 너무 많이 막혀서……" 하고 핑계를 대지만 친구가 늦으면 "막힐 줄 몰랐니? 조금만 일찍 나왔으면 이렇게 사람 기다리게 하는 일은 없잖아!" 하며 신경질적인 반응을 보이기 십상이다. 잠깐만 서로의 입장을 바꿔서 생각해 보면 아무것도 아니고 너그럽게 받아들일 수 있는 것을, 사람의 '자기애'란 늘 그렇게 관대하게 마음을 쓰지 못하는가 보다.

세상에는 좋은 이야기, 잘사는 방법, 성공하는 비법 등이 넘치고도 남아돌지만 그것을 제대로 실천하는 사람은 별로 없다. 행복해지는 방법을 알고 있으면서도 여전히 불행한 사람이 많은 것은 바로 이 때문이다. 행복도, 성공도 그 비법은 완전히 공개되어 있다. 성공한 사람은 누구나 자신의 성공비결을 공개하는 데 꺼리지 않고, 행복한 사람은 누구나 행복의 지름길을 알려주는 데 주저함이 없다. 하지만 그들이 제시하는 길을 있는 그대로 믿고 따라가는 사람은 많지 않다. 대부분의 사람들은 '그럴 수도 있겠지' 하며 자신의 현실에 안주해 버린다. 성공의 비결이건 행복의 길이건 귀찮고 힘들어서다. 귀찮고 힘들어서 성공과 행복을 포기해 버리다니……. 그런 일은 절대 있을 수도 없고, 있어서도 안 된다. 특

히 우리 친구들처럼 성장기에 있는 청소년들은 말 그대로 무궁무
진한 가능성을 가지고 있다. 개발하면 개발할수록 새로운 것이 솟
아나온다. 자기 자신에게 잠재되어 있는 가능성의 크기를 안다면
쉽게 포기해 버릴 수는 없을 것이다.

꿈을 이루기 위해서는 미지의 세계를 향해 몸을 던져야 한다.
망설임과 두려움은 발을 내딛지 않고 머뭇거리는 데서 오는 것이
다. 귀찮고 힘들어서 주저앉고 싶다는 생각이 들 때는 내 안의 날
개를 다시 한 번 들여다보아야 한다. 일어나서 달려야 하는데 누
워서 생각만 하고 있으니 귀찮고 힘들기만 한 것이다. 일단 첫 발
을 떼고 도전을 시작하면 두려움은 금세 사라져 버리는 것을 경험
할 수 있다.

이때 필요한 것이 강한 신념이다. 내 몸을 움직여 무언가 새로
운 일을 행하는 데는 용기와 믿음이 필요하다. 이 신념이란 것이
모든 사람에게 골고루 나누어지는 것이라면 얼마나 좋겠는가. 하
지만 안타깝게도 신념은 타고나는 것이 아니다. 그것은 체험을 통
해 길러지는 것이다. 이때 힘을 실어주는 것이 바로 작은 성공 체
험이다. 틀린 문제 하나 줄이기, 아르바이트로 돈 벌어보기, 싸워
서 토라진 친구에게 먼저 말 걸기처럼 생활 속에서 체험할 수 있
는 작은 일들에 도전해 보고 그것을 이루어보자.

황금나비스쿨에서는 선생님들의 연극 공연이 있고, 뒤이어 우리 친구들이 직접 연극을 만들어 공연을 해보는 시간을 갖는다. 주제를 정하고 대본을 쓰고 연출에, 연기까지 모두 친구들이 직접 참여해서 진행한다. 사실 난생 처음 해보는 연극은 막연하기만 하다. 어떤 이야기를 만들어 누가 어떻게 출연할 것인지, 어떻게 이야기를 이끌어가고 마무리를 지을 건지 망설이다 시간을 흘려버리게 된다. 그러나 일단 주제가 정해지고 대강의 줄거리가 설정되면 그 다음은 아주 쉽다. 서로 역할을 나눠 맡고 대사를 만들어가며 연습을 해보면 어느덧 작은 연극 한 편이 완성되는 것이다. 물론 연극 배우들이 아니고 짧은 시간 동안 준비하는 것이기 때문에 공연 중간 중간에 실수를 할 수도 있고, 대사를 잊어버릴 수도 있다. 하지만 이렇게 연극 한 편을 공연하고 나면 우리 친구들의 마음속에서는 아주 큰 변화가 일어난다.

비록 10분, 15분짜리 짧은 연극이지만 스스로 연출하고 연기를 해냈다는 성취감은 다른 곳에서는 맛볼 수 없는 보람과 즐거움을 주기 때문이다. 어떤 일이라도 좋다. 마음을 단단히 먹고 평소 망설이던 사소한 일 한 가지에 도전해 보자. 여기서 성공을 거두면 좀 더 큰일에도 도전할 용기가 생긴다. 작은 성공 체험에서 얻어진 기쁨이 에너지가 되어 뇌 속에 하나의 회로를 만들어가는 것, 그것이 바로 신념이기 때문이다.

내 안의 가능성을 몇 퍼센트나 끄집어낼 것인가

나의 가치를 점수로 환산하면 몇 점이나 될까? 물론 사람을 점수로 평가한다는 것은 너무나 가혹한 일이고, 객관적인 기준을 정하기도 힘들다. 하지만 한 번쯤 자신에게 이런 질문을 던져볼 필요가 있다. 학교에 다닐 때는 모든 것을 시험성적으로 평가받는 것 같아 억울할 때가 있지만, 사회에 나가면 또 다른 방식으로 능력을 증명해야 한다. 이때 매겨지는 점수는 사회적 지위와 부와 명예, 모든 것을 좌우한다.

이렇게 점수를 매기다 보면 자신이 평소 생각했던 것보다 높은 점수를 받는 사람도 있고, 기대 이하의 낮은 점수를 받게 되는 경우도 있다. 하지만 결과 자체는 그리 중요하지 않다. 점수를 매겨서 남보다 높은 점수를 얻는다면 보다 강한 신념과 자신감을 가지고 꿈을 향해 달려갈 수 있으니 좋은 것이고, 반대로 생각보다 낮은 점수가 나와서 충격을 받는다면 그 또한 나름대로 가치를 찾을 수 있다. 자신의 안일한 태도를 다시 한 번 점검하고 재정비할 수 있는 계기가 되기 때문이다.

이런 점수 매기기는 객관적으로 자신을 검증해야 하는 것이기에 어느 정도 고통은 따르지만 충격을 받은 만큼 자극이 되어 변화를 향한 동기부여가 되는 것만은 확실하다. 나를 알아야 장점을 발전시키든지 단점을 고쳐가든지 할 수 있을 테니 말이다.

벤저민 프랭클린은 미국 민주주의의 기초를 다진 세계인의 우상이다. 그는 비누와 양초를 만드는 영세 제조업자의 아들로 태어났다. 열일곱 형제 중 열다섯 번째로 태어난 프랭클린의 어린 시절은 비참하기 그지없었다. 가난과 형제들에게 치여 그는 학교도 단 2년밖에 다니지 못했다. 워낙 가난한 집안에서 관심을 받지 못하고 자랐으니 설령 잘못을 저지른다 해도 온전히 그를 탓할 수는 없었을 것이다. 하지만 그는 발명가이자 기업가, 과학자이자 문필가, 사상가이자 정치인, 언론인이면서 출판인으로 성장했다. 미국 건국의 아버지로 불리는 그는 스스로 공부하며 검소하고 근면한 삶을 만들게 되었다.

황금나비스쿨이 회를 거듭할수록 참으로 다양한 친구들이 찾아온다. 초등학생부터 고등학생까지, 전교 1등에서 부모님도 선생님도 두 손 두 발 다 들었다는 못 말리는 문제아까지, 얼굴만 봐서는 그 속을 알 수 없는 다양한 친구들이 모여서 1박 2일 동안 함께 생활하며 서로에 대해 알아가게 된다.

그런데 이 친구들 중에도 습관적으로 투덜대며 불평불만을 늘어놓는 사람이 꼭 하나쯤은 있다. 요즘 학교 교육이 문제라는 둥, 선생님이 도무지 선생님 같지 않다는 둥, 부모님이 돈을 많이 벌어오지 않는다는 등 불평거리도 갖가지다. 심지어는 황금나비스쿨도 부모님이 하도 갔다 오라고 성화를 부려서 할 수 없이 시간 때우러 왔다거나 이런 프로그램에 참여하면 뭐하느냐며 냉소적인 태도를 보이기도 한다. 프로그램 도중에도 공부를 잘하는 친구를 만나면 "공부만 잘하면 됐지, 이런 데는 뭐하러 왔냐?"고 빈정거리고 공부 못하는 친구를 만나면 "공부도 못하는 게 이런 데 와서 꿈을 찾는답시고 애쓴다!"고 비아냥거리기도 한다. 자기 자신을 들여다보기 위해 일부러 만든 시간인데도 다른 사람을 탓하고 비꼬는 것으로 시간을 허비하고 마는 것이다.

그런데 이런 친구일수록 정작 자신의 점수는 따져보지 않는다. 그렇게 학교와 부모님을 탓하고 친구들을 비난하는 사이에 자신의 점수가 점점 낮아지고 있다는 사실을 인지하지 못한다. 점수가 높은 사람들은 자신의 꿈을 좇아 달려가느라 다른 사람을 흉보거나 비난할 겨를이 없다. 모든 긍정적인 에너지를 나에게로 돌려 자신의 점수를 높이느라 바쁘다.

이제 밖으로만 향하던 시선을 돌려 나에게 집중해보자. 다른 사람을 탓할 필요도, 욕할 필요도 없다. 그런다고 해서 달라질 것은 없기 때문이다. 내가 삐딱하게 굴며 남의 탓을 한다고 해서 사람들이 나를 인정해 주거나 위로해 주지 않는다. 환경에 밀려서 세상만 탓하고 있는 바보가 되는 것이다. 프랭클린처럼, 위기를 오히려 기회로 만들고 비천한 환경을 최고의 프로필로 전환하는 것은 자기 자신의 몫이다.

부모가 가난해서, 고액과외를 안 시켜줘서 성적이 안 오른다고 탓하지 말자. 서울대 입학생 중에는 달마다 몇 백만 원씩 과외비를 써가며 공부한 사람도 있지만 섬에서 배를 타고 학교를 오가며 교과서만으로 공부한 사람도 있다. 모든 것은 자기가 하기 나름이라는 이야기다.

자기 자신을 냉정하게 들여다보고 점수를 매겨보자. 나의 점수를 깎아먹는 단점들을 몰아내고 장점들만 키워 긍정적인 에너지로 넘쳐나게 하자. 이렇게 자신을 정비하고 나면 짧은 시간 동안 나의 점수가 '팍팍!' 올라가는 즐거운 경험을 하게 될 것이다.

약점을 강점으로 삼아 역전 드라마를 완성한다

 비해 내 조건이 나쁘거나 불행하다고 생각해 본 적이 있는가? 몸이 불편하거나 건강하지 못해서, 우리 집이 친구네 집보다 가난해서, 부모님의 이혼이나 재혼 등으로 가정환경이 순탄치 않을 때 우리는 열등감에 빠지기 쉽다. 하지만 절망에 빠져 환경만 탓하는 것은 아무 의미가 없다. 오히려 내 안에 부정적인 생각만 쌓는 결과를 낳는다.

십 수 년 동안 낮 시간대 시청률 세계 1위를 고수하고 있는 토크쇼 〈오프라 윈프리 쇼〉를 진행하고 있는 오프라 윈프리는 가혹한 약점들을 가지고 있는 불행한 소녀였다. 오프라는 사생아로 태어나 아홉 살 때부터 성폭행을 당하고 마약에 빠져들어 방탕한 생활을 했다. 하지만 그녀는 결국 자신의 모든 결점을 이겨내고 세계에서 가장 유명하고 부유한 사람 중에 한 명이 되었다.

흑인 최초로 패션잡지 〈보그〉의 모델로 등장했으며 107kg이던 몸무게를 2년 만에 68kg으로 줄여 다이어트 성공 신화를 낳기도 했다. 오프라는 이렇게 말한다. "인생의 성공 여부는 온전히 자기 자신에게 달려 있다". 어떤 환경에서 어떤 흠을 갖고 살아왔건 해답은 자기 안에 있다는 것을 누구보다 잘 알고 있었던 것이다. 그녀의 이런 생각은 '오프라이즘(Oprahism)'이라는 신조어가 되었다.

이제 그녀는 미국 내 시청자만 2200만 명에 이르고 세계 105개국에서 방영되는 토크쇼의 여왕이 되었으며, 잡지에 케이블 TV, 인터넷까지 거느린 거대한 그룹의 회장이 되었다.

역사적인 위인들의 삶을 살펴보면 넉넉하지 못한 성장과정이나 개인적인 장애 때문에 어려움을 겪은 사람이 유난히 많은 것을 알 수 있다. 어려운 여건을 스스로 극복해 나가는 사이에 자신을 이기고, 환경을 이겨낸 사람들에겐 인생의 참된 진리를 찾아가는 길이 드러나는 것인지도 모르겠다.

보지도, 듣지도, 말하지도 못했던 헬렌 켈러가 하버드 대학에 들어가고 우수한 성적으로 졸업하기까지, 그녀가 자신과 벌인 싸움은 전쟁 그 이상이었을 것이다. 하지만 그녀는 자신의 장애를 밑거름 삼아 사회사업가로 활동하며 세계인의 존경을 한 몸에 받았다.

눈을 감고 상상해 보라. 앞을 볼 수 없으니 나뭇잎이 무엇인지, 초록색이 무엇인지도 모르고, 새가 우는지 노래하는지도 모르고, 자신의 의사를 입 밖으로도 낼 수 없어 오로지 손끝의 감각에만 의존해서 공부를 한 헬렌 켈러에게 세상은 어떤 것이었을까? 깊이도 알 수 없이 깜깜하고 고요하며 완전히 단절된 세상 속에 홀로 남겨진 것보다 더 어려운 환경이나 장애가 있을 수 있을까?

다른 사람의 다리가 부러진 것보다 내 발가락 끝의 티눈이 더 아픈 것이 인간이다. 겸허한 마음으로 생각해 보면 내가 가진 그 어떤 어려움이나 장애도 헬렌 켈러의 고통을 능가할 수는 없음을 인정할 수밖에 없을 것이다. 자신의 처지 때문에 한숨이 나올 때면 상상조차 할 수 없는 약점을 오히려 강점으로 삼아 역사적인 역전 드라마를 완성한 헬렌 켈러를 떠올리기 바란다.

무기력과 겸손을 혼동하지 않는다

예로부터 겸손은 사람이 갖추어야 할 기본적인 덕목의 하나로 중요시되어 왔다. 자신의 선행은 숨기고, 좋은 것은 남에게 양보하고, 자신을 낮추는 자세는 대인관계를 만들어가는 데 가장 중요한 요소로 작용한다. 하지만 시대가 변하면서 겸손의 의미도 달라지고 있다. 그저 양보만 하고 참기만 해서는 안 된다. 바쁘게 돌아가는 세상에서 겸손은 자칫 소극적인 모습으로 비쳐질 수 있다. 여유를 가지고 다른 사람을 지켜볼 만한 시간이 없기 때문에 상대방이 보여주는 대로 받아들여 신속하게 평가를 내리고 마는 풍조가 생겨난 것이다.

소극적인 사람으로 낙인이 찍히게 되면 모든 일이나 자리에서 소외되기 쉽다. 팔을 걷어붙이고 덤벼드는 적극적인 사람도 잘 해낼지 어쩔지 모를 일을, 굳이 소극적으로 앉아서 기다리는 사람에게 넘겨줄 이유가 없다. 이렇게 되면 새로운 기회를 가져보기도 전에 중심선에 밀려나게 된다. 이런 억울한 경우를 당하고 싶지 않거든 매사에 자신감을 가지고 적극적으로 도전하는 태도로 무장을 해야 한다. 세상은 그렇게 남의 사정 다 봐주면서 느긋하게 기다려주는 곳이 아니라는 것을 잊어서는 안 된다.

아이러니하게 들릴지도 모르지만 사람이 겸손하기 위해서는 힘을 갖추어야 한다. '힘 있는 사람의 겸손은 진실이지만 약한 사람의 겸손은 허위'라고 했다. 양보는 가만히 앉아서 내 것을 빼앗기고 앞서가는 경쟁자를 멀거니 쳐다보는 것이 아니다. 그것은 무기력이고 무능력이다. 무기력과 겸손을 혼동해서는 안 된다. 그저 조용히 앉아서 흘러가는 대로 순응한다고 해서 평화롭거나 겸손한 사람이라고 생각한다면 큰 착각이다.

진정으로 겸손한 사람이 되려면 겸손할 자격부터 갖추어야 한다. 그것이 바로 앞에서 말한 '힘'이라는 것이다. 힘이라서 해서 다른 사람을 억압하고 권력을 휘두르라는 이야기는 아니다. 자신을 보다 가치 있는 사람으로 만들고 하루하루 성장해가는 것이 바

로 힘이다. 특히 성장기에 있는 우리 친구들은 아직 가진 것이 없
다. 이때의 힘은 무엇을 얼마나 가졌느냐가 아니라, 날마다 얼마
나 나아지고 있느냐. 즉, 소유의 문제가 아니라 발전의 문제라
는 것이다.

꼭 100점을 받고 1등을 해야 가치가 있는 것이 아니라 조금씩이
라도 성적이 오르면 되는 것이고, 모든 친구들을 거느리고 다니라
는 것이 아니라 해마다 한두 명이라도 친구들이 늘어나면 된다.
집 안팎에서 최고의 모범생은 아닐지라도 부모님의 칭찬 횟수가
날마다 늘어나면 되는 것이고, 한 권 두 권 읽은 책이 책장에 쌓여
가면 되는 것이다. 그것이 바로 성장이고 힘이다. 그렇게 힘을 갖
추어야 진정으로 가치 있는 겸손을 발휘할 수 있다.

과거의 겸손과 오늘날의 겸손 사이에 드러나는 가장 큰 차이는
자신을 얼마나 드러내느냐에 있다. 과거에는 최대한 나를 낮추는
것이 겸손이고 가치였다. '벼는 익을수록 고개를 숙인다' 하여 속
이 꽉 들어찬 사람일수록 고개를 숙여 겸손을 실천해야 한다고 배
웠다.

하지만 이제는 자신을 드러낼 줄 알아야 한다. 나는 어떤 사람
이며 어떤 장점을 가지고 있는지, 어떤 분야에 관심이 있으며 무
엇을 잘하는지, 또 꿈은 무엇인지, 다른 사람들 앞에서 나를 표현

할 줄 알아야 한다. 교실 안에서도 나를 어필하지 못하면 졸업한 뒤에, 아니 새 학년이 되어 몇 달만 지나도 친구들은 나를 까마득히 잊어버릴 것이다. 같은 교실에서 1년을 함께 보낸 친구에게도 나를 어필하지 못한 사람이 어떻게 대입 면접을 보고, 입사 면접을 보고, 이 사회에 나를 각인시키겠는가.

하지만 자신을 드러내는 것이 잘난 척하고 나서는 것이 아니다. 이런 사람은 대인관계의 기술이 부족한 사람이다. 그래서 나를 표현하는 것도 도전의 하나라고 할 수 있다. 처음에는 어색하고 부끄러울 때도 있겠지만 반복적인 시도를 통해 연습을 하다 보면 어느새 자연스럽게 나를 드러내는 방법을 터득하게 된다. 반복적인 연습을 통해 테크닉을 수정, 보완해 가는 방법밖에 없는 것이다.

다른 사람에게 나를 어필하고 원만한 인간관계를 만들어가기 위해 가장 먼저 갖추어야 할 것은 바로 자신감이다. 나에 대해 자신감이 있는 사람은 함부로 나서지 않으며 아무리 겸손해도 존재감이 묻히지 않는다. 이런 사람은 어디서든지 위축되지 않고 당당하게 자신의 의사를 표현하고 어울린다. 거침없는 도전은 자신감과 겸손을 동시에 갖춘 사람에게 주어지는 특전이기 때문이다.

수업과 숙제는
모든 학생의 기본기다

거친 꿈의 행보에 도전하기 위해서는 우리에게도 나만의 비밀 무기가 하나쯤은 있어야 한다. 어떤 시련이 다가와도 꺾이지 않고 실패를 맛보더라도 무뎌지지 않는 강철의 무기를 마련해야 한다.

그 비밀무기는 남달리 뛰어난 성적이 될 수도 있고, 다른 친구들은 모르는 기술이나 자격증이 될 수도 있고, 노래나 춤처럼 나만의 특기를 연마한 개인기일 수도 있다. 그 무기의 내용은 사람마다 다르다. 자신의 꿈에 따라 필요한 무기가 각각 다르기 때문이다. 내게 필요한 무기는 무엇일까? 그리고 아직 마땅한 무기가 없다면 어떻게 만들어야 할까?

이제 우리는 꿈과 열정만으로는 꿈을 이룰 수 없다는 것을 알게 되었다. 실천력을 가지고 용기 있게 도전해야 할 때가 된 것이다. 나를 바꾸고 세상을 바꾸기 위해서는 일어나 움직여야 한다. 작은 것 하나라도 내 손으로 직접 만들고 내 몸으로 직접 경험해야 내 것이 된다.

그렇다면 경쟁력을 높이고 전투력을 상승시킬 수 있는 나만의 비밀무기는 무엇일까. 외국어고등학교나 과학고를 가고 싶은 친구라면 남보다 성적에 더 신경을 써야 하고, 예고에 가고 싶은 사람은 실기 준비에 마음을 기울이고 시간을 투자해야 한다. 대학 입학을 앞두고 있을 때도 남다른 자격증이나 재능이 있는 사람은 특차전형의 기회를 노려볼 수 있다. 크고 작은 대회에서 수상경력을 쌓아두는 것 역시 꿈을 향한 준비가 될 수 있다.

학교나 학원 공부만으로는 부족하다. 수업시간에 성실히 앉아서 노트에 필기하고, 해오라는 숙제를 꼬박꼬박 해간다고 해서 되는 것이 아니다. 그 정도는 학생이라면 누구나 해야 하는 기본이다.

하지만 성적을 올리고 기술을 익히고 실력을 쌓는 것만이 전부는 아니다. 세상을 살아가자면 반드시 실력을 쌓아야 하지만, 성적이나 수상경력만으로는 극복할 수 없는 또 다른 과제가 있기 때문이다. 그것은 바로 다른 사람들과의 관계다. 사람은 사회적인 동물이기 때문에 다른 사람과 마음을 교류하며 살아야 행복감을 느낄 수 있다. 아무리 성적이 우수하고 남다른 재능을 갖췄다 하더라도 친구들과 어울리지 못하고 혼자서 외롭게 지낸다면 결코 행복감을 느낄 수 없다. 그렇게 해서 꿈을 이뤘다고 해도 그것은 반쪽짜리 성공에 불과하다.

가족도, 친구도 외면하고, 공부 외에는 아무것도 안 한 사람이 명문대에 들어갔다고 해서 그 사람의 학교생활이 즐거워질까? 좋은 대학만 가면 갑자기 온 가족이 화목해지고 친구들이 줄을 이을까? 절대 아니다. 서울대학교, 아니 하버드대학교에도 학교 부적응으로 휴학하는 사람이 적지 않음을 알아두기 바란다.

가족과 대화의 시간을 가지고 친구들과 사소한 추억을 만드는 것을 시간 낭비라고 본다면 그것은 어리석은 생각이다. 가족이나 친구들과 마주앉아 대화를 나누고 추억을 공유하는 것은 마음을 따뜻하게 데울 수 있는 기회다. 그 사이에 공부 때문에 쌓인 스트레스도 풀고 새로운 정보도 얻게 되는 것은 물론이다. 꿈을 향해 여행하는 사람의 머리는 언제나 얼음처럼 차갑고 맑게 닦여 있어야 하지만 마음만은 언제나 따뜻하게, 그리고 뜨겁게 불타고 있어야 한다.

얼마 전, 충격적인 자료를 하나 접하게 되었다. 서울대학교 학생 100명 중 2명이 학사경고 등으로 제적 위기에 처해 있다는 것이다. 서울대에 들어간 사람이 공부를 못해서 낙제점을 받았겠는가. 공부를 안 했다는 이야기이다. 그들이 공부를 안 하고 학사경고를 받은 데는 여러 가지 이유가 있을 수 있겠지만, 그런 사람은 서울대에 들어가는 것이 꿈이고 목표였기 때문에 대학에 합격한 그 순간, 더 이상 공부를 할 이유가 없어져 버린 것이다.

또 학교생활과 새로운 친구관계에 적응하지 못해 겉돌기만 할 뿐, 아무것도 하지 못했다는 이야기다. 이들은 학교에는 새로운 지식을 익히고 공부하는 것 외에도 선생님이나 친구들과 교류하며 함께 생활하는 즐거움이 있다는 것을 모르고 자라온 사람일 가능성이 높다.

사람 속에서 사람과 어울리며 행복감과 즐거움을 느껴본 사람들에게는 좀체 이런 일이 생기지 않는다. 이런 사람은 혼자만의 세계에 갇혀 잘못된 가치관을 향해 달려갈 일이 없기 때문이다. 가족의 사랑, 친구들의 믿음만큼 큰 힘도 없다는 것을 잊지 말고, 나만의 무기 목록에 꼭 인간관계를 넣도록 하자.

나를 180도 바꿔주는 거울의 법칙

현재의 자신을 버리지 않고 스스로를 업그레이드할 수는 없다. 자신을 업그레이드하기 위해서는 객관적인 시선으로 자신의 패턴을 바라보고 그것이 긍정적이든 부정적이든 한 번쯤은 '아니야, 이제 그만!' 이라고 외쳐봐야 한다.

이것만큼 힘들고 외로운 작업은 없지만 고치를 틀지 않고는 나비가 될 수 없는 것처럼, 성장과정에서 당연히 겪어야 하는 자연의 이치다. 고독한 자신과의 투쟁은 나비를 꿈꾸는 사람이라면 누구나 거쳐야 하는 관문이다.

이때 활용할 수 있는 것이 거울을 통한 '자기 바라보기' 다. 거울은 지금의 나를 있는 그대로 비춰주는 것 같지만, 실상은 모든 사물을 180도 거꾸로 반사한다. 바로 그런 원리 때문에 나를 있는 그대로 바라보는 것과 나를 완전히 뒤집어 보는 일이 동시에 가능한 신비로운 도구가 된다. 거울 앞에서 서서 나를 객관적으로 바라보는 시간을 가져보자.

먼저 거울을 하나 준비한다. 이때는 가능하면 주변의 방해를 받지 않을 만한 조용한 공간을 선택하도록 한다. 목욕탕에 걸려 있는 큼직한 거울도 좋고 내 방에 걸려 있는 자그마한 거울이라도 좋다.

방법은 간단하다. 거울에 비친 자신의 모습을 보고 대화를 하는 것이다. 자신이 원하는 것에 대해 스스로에게 소리 내어 물어본다. 예쁘고 멋져 보이기 위한, 남에게 보이기 위한 겉모습이 아니라 나의 숨겨진 속마음을 읽기 위한 시간이기 때문에 쑥스러워하지 말고 솔직하게 묻고 대답해야 한다. 우리는 대부분의 시간을 남들에게 보여주는 모습에 신경 쓰느라 정작 자기 자신에게는 솔직하지 못하게 보내고 있다. 거울을 통한 자기 바라보기는 내가 원하는 진짜 나를 찾는 데 도움이 된다.

마음이 가라앉고 스스로와 대화할 준비가 되면 준비된 10가지 질문을 순서에 따라 하나씩 던져본다(164쪽 참고). 대답을 할 때는 시간을 두고 깊이 생각하고 충분하게 답변한다. 질문에 대한 답을 하는 동안 스스로 추가적인 질문이 떠오르면 추가해도 상관없다.

서너 개쯤 질문하고 답변하는 과정을 이어가다 보면 어느새 질문지를 보지 않고도 자연스럽게 자신이 원하는 것에 대해 스스로 묻고 답변하게 된다. 이때는 질문지에 연연하지 말고 자기 자신과 대화를 하면 된다.

질문 중에는 대답이 쉽게 떠오르지 않는 것도 있을 것이다. 지금까지 자신의 속마음을 진지하게 들여다본 적이 없기 때문에 생기는 일이다. 이때는 대답이 가능한 수준에서 최대한 성의 있게 답변하도록 한다. 남에게 보이기 위한 것이 아니기 때문에 굳이 멋진 대답을 할 필요는 없으니 부담 가질 필요는 전혀 없다.

자신과의 대화시간은 10분 정도면 충분하다. 10개의 질문을 던지고 모두 대답을 해도 대략 10분 정도 소요될 것이다. 10년 뒤 내 모습을 보다 분명하게 그리기 위해 10분을 투자하는 것이라고 생각하면 큰 부담 없이 시도해 볼 수 있을 것이다.

거울에 비친 자신과 30초 이상 눈을 맞춘다. 그리고 30초 동안 느낀 것에 관해 질문을 한다.

1. "왜 그렇게 지쳐 보이니?", "왜 그렇게 내 눈도 못 쳐다보니?" 등 어떤 질문이라도 좋다. 자신이 느낀 그대로를 묻고 대답하면 된다.

이제 길게 한 번 호흡을 한 뒤 다음의 질문들을 차례로 해나간다. 매번 질문과 답변을 한 뒤에는 잠깐 동안 쉬며, 깊게 호흡을 한다.

2. 내가 생각하는 가장 이상적인 나의 모습은 무엇이지?

3. 지금의 내 모습은 어떻지? 이상적인 모습과 얼마나 거리가 있는 거지?

4. 지금까지의 내 삶에 점수를 준다면 나는 몇 점이나 받을 수 있을까?

5. 나는 왜 나에게 그런 점수를 준 거지?

6. 앞으로 50년 동안 1년에 한 가지씩 꿈을 이룬다면 내가 해보고 싶은 50가지 꿈은 무엇일까?

7. 내가 꿈을 이루기 위해 그동안 구체적으로 실행에 옮긴 일은 어떤 것이 있었을까?

8. 만약 제대로 실행에 옮긴 것이 없다면 왜 그랬을까?

9. 내가 제일 잘하는 일은 무엇인가? 나는 그 재능을 제대로 활용하고 있는 걸까?

10. 내가 꿈꾸는 나의 미래는 어떤 모습이지?

도전은 **인내**로 완성된다

인내 하면 가장 먼저 떠오르는 것이 '인내는 쓰지만 그 열매는 달다'는 격언이다.

이 말은 두고두고 되새길수록 가슴에 와 닿는 진리인 것 같다. 과일나무도,

인생도 마찬가지다. 달콤한 열매를 맺기 위해서는 반드시 쓰디쓴 인내의

과정을 거쳐야 한다. 과일 한 알이 맛있게 영그는 데는 모진 비바람을

견뎌내야 하는 시련의 시간이 있다. 그 고통의 시간들을 견뎌내지 못하고

떨어져 버리면 아무런 상품가치도 없는, 버려지는 과일이 되고 만다.

자신이 원하는 것을 이루기 위해서는 반드시 인고의 시간을 견뎌내야 하는 것이다.

5

흑인인권운동가 넬슨 만델라의
27년간의 인내

투쟁과 승리의 신화를 새로 쓴 남아프리카공화국의 넬슨 만델라 대통령. 본래 그는 템부족 족장의 아들로 태어났다. 남아프리카공화국에서 흑인으로 살아간다는 것 자체가 녹록한 일은 아니었지만 굳이 자기 몸을 희생해가면서 인권운동에 나서지 않아도 되는 여건을 갖추고 있었던 것이다. 그러나 '아파르트헤이트(Apartheid: 인종격리정책)' 등으로 인해 종족들이 수난을 당하는 것을 지켜보고만 있을 수 없었던 그는 흑인인권운동에 나서게 된다.

그렇게 흑인에 대한 차별과 억압, 불평등한 법에 맞서 싸우다 투옥되어 27년이란 긴 세월을 감옥에서 보내야 했다. 그러나 감옥 안에서도 그의 투쟁은 멈추지 않았다. 그는 옥중에서 자와할랄네루상을 비롯한 권위 있는 인권상을 두루 수상할 만큼 활발한 인권투쟁을 벌여 흑인인권운동의 상징적인 존재가 되었다.

출옥 후 백인정부와 협상을 벌여 350여 년에 걸친 인종분규를 종식시키는 성과를 이루어내고 그 공로를 인정받아 노벨평화상까지 받게 된다. 이듬해인 1994년에는 남아프리카공화국 최초로 흑인이 참여한 자유총선거에 의하여 구성된 다인종 의회에서 대통령에 선출되기에 이른다.

만델라는 27년을 감옥에서 보내면서도 한 순간도 신념을 꺾지 않았다. 그가 고독하고 외로운 인내의 시간을 견뎌내지 못했다면 남아프리카공화국의 흑인들은 아직도 백인들의 굴레 아래 처참한 생활을 계속하고 있을지도 모른다.

원대한 꿈을 가지고 있는 사람들에게는 반드시 이처럼 고독하고도 지루한 인내의 시간이 요구된다. 인내란 그저 시간을 보내며 고통을 참는 것이 아니다. 성공을 꿈꾸며 보다 큰 날개를 만드는 자기 혁신의 시간이다. 우리에게도 많은 시련이 주어질 것이다. 나중에 어른이 되어서 돌아보면 "그때만큼 행복한 시절이 없었다"고 회고하게 될지도 모르지만 어쨌거나 지금의 우리들에겐 가장 힘든 시간이 바로 지금 이 순간이다.

그러나 만델라가 감옥에서 보낸 27년의 세월에 비하면 견디지 못할 시간은 없을 것 같다. 재수를 하든 대학에 진학을 하든 일단 학교를 벗어나고 나면 모든 것이 달라진다. 지금처럼 다른 아무것에도 신경 쓰지 않고 나의 미래를 위해 모든 것을 투자할 수 있는 시간이 언제 또 주어질지 알 수 없다. 더 이상 어린애처럼 투정부리지 말자. 나에게 주어진 소중한 시간을 잘만 견뎌내면 희망의 날개를 활짝 펼 날도 멀지 않았다.

이 시간은 애벌레가 나비를 꿈꾸며 고치 속에서 비상을 기다리는 과정에 비유할 수 있다. 고치를 틀고 정중동(조용한 가운데 어떠한 움직임이 있음)의 숙성을 일구어가는 번데기의 모습을 보고 있노라면 눈물겨운 인내를 발견하게 된다. 애벌레의 성장과 변화 과정 중에서도 나비가 되기 위해서 반드시 거쳐야 할 과정이다. 나비가 되기 위한 애벌레의 몸부림 중 가장 극적인 부분인 것이다. 그러나 이 인내의 시간이 쓰디쓴 동시에 달콤한 것은 아름다운 비상의 시간이 얼마 남지 않았기 때문이다.

답답한 고치 속에서 눈부신 날개를 꿈꾸다

어찌 보면 고치틀기는 나비의 성장과 발달 과정 중 가장 볼품 없는 순간이다. 나뭇잎 뒤에 몽글몽글 맺힌 알도 나름대로 귀엽고 꾸물꾸물 기어 다니며 나뭇잎을 갉아먹는 연두색 애벌레도 앙증 맞은 구석이 있다. 또 허물을 벗을 때마다 부쩍부쩍 자라는 애벌 레를 관찰하고 있노라면 자연의 신비가 느껴지기도 한다.

하지만 나뭇가지에 매달리거나 나뭇잎을 돌돌 말아 그 안에서 고치를 튼 번데기는 아무리 보아도 귀여운 구석이라곤 없다. 제 몸에서 실을 뽑아 단단한 고치를 틀고 그 안에서 죽은 듯이 겨울 잠을 자는 번데기는 먹지도 않고 움직이지도 않는다. 그저 답답한 고치 속에서 눈부신 비상을 꿈꾸며 날개를 만드느라 여념이 없다. 가장 어둡고 볼품없는 순간에 아름다운 내일의 꿈을 완성해가는 것이다.

애벌레가 날개를 얻기 위해 어두운 고치 속에서 인내의 시간을 보내는 것처럼, 세상에는 거저 주어지는 것이 없다. 또 쉽게 얻은 것은 쉽게 날아가 버린다. 이런 경험은 누구나 한 번쯤 해봤을 것이다. 시험시간 직전에 급하게 외운 내용이 시험에 나오면 바로 그 순간에 답을 맞힐 수는 있지만, 그 지식은 내 것이 아니다. 그 문제를 푼 바로 다음 순간, 바로 머릿속에서 지워져버리고 만다. 이런 식의 벼락공부는 장기전으로 치러야 하는 레이스에는 아무런 도움도 안 되는 것이다.

길에서 만 원짜리 지폐를 한 장 주웠다고 해보자. 이 돈은 분명 아빠 구두를 닦아드리고 아르바이트비로 받은 만 원과는 다른 돈이다. 길에서 주운 돈은 친구들과 기분 내며 떡볶이 몇 번 사먹어버리면 그만이지만, 내가 힘쓰고 수고해서 번 돈은 그렇게 쉽게 쓸 수 없다. '내가 어떻게 해서 번 돈인데……' 하는 생각이 들어 꼭 필요한 데, 가치 있는 일에 쓰려고 노력하게 된다. 쉽게 얻은 것은 쉽게 날아가 버린다는 원칙은 돈이건 지식이건간에 마찬가지다.

우리가 꿈을 찾아가는 과정에서 겪는 시련과 인내도 바로 이런 기능을 하게 된다. 꿈의 고지에 다다랐을 때 그곳이 얼마나 소중하고 귀한 곳인지를 온몸으로, 가슴 깊숙이 느끼게 되는 것이다. 그리하여 우리는 그 꿈의 고지를 더욱 소중하게 다루고 더 아름답게 발전시킬 방향을 찾게 될 것이다. 고생고생하고 힘들여 얻어낸 것인 만큼, 그 가치가 더욱 빛을 발하는 것이다.

초특급 베스트셀러 《해리포터》로 재벌이 된 영국의 여류작가 조앤 K. 롤링이 이 책을 집필할 당시 그녀는 아주 비참한 상황에 처해 있었다. 조앤은 이혼의 아픔과 가난 속에서 《해리포터》 시리즈를 집필했다. 조앤에게는 글을 쓰는 것만이 유일한 위로였고 생계의 수단이었다. 그런데 뜻밖에도 《해리포터》가 폭발적인 반응을 불러일으키며 베스트셀러 반열에 오르자 그녀는 〈포브스〉가 선정한 전 세계 저명인사 100인 중 25위에 랭크되었으며 '세계 최고 부호 클럽'에 합류하게 되었다.

영국은 물론, 전 세계로부터 엄청난 인세(저작물의 출판에 대하여 저작권자가 발행자로부터 취득하는 수입)를 벌어들여 재벌이 되고 유명인사가 되었지만, 조앤은 어려운 시기에 자신에게 버팀목이 되어준 작품이기에 더욱 소중하다고 한다. 고난과 시련 속에서 작가가 온갖 정성과 열정을 쏟아 부은 작품이기에 《해리포터》가 생명력을 부여받게 된 것인지로 모를 일이다.

우리가 학교에 다니며 힘겹게 공부를 하는 이 시간도 우리에겐 날개를 만들기 위한 인내의 시간이라고 할 수 있다. 중학교 입학, 고등학교 입학, 대학교 입학의 순간이 다가올수록 시험에 대한 압박감은 커지고, 중간고사, 기말고사, 모의고사들을 치러낼 때마다 피가 마르는 것처럼 고통이 옥죄어온다. 하지만 이런 단련의 시간이 없으면 제대로 된 기회가 다가왔을 때 그것을 거머쥐지도, 알아보지도 못하는 실수를 범하고 말 것이다.

우리에게 주어진 인내의 시간을 충분히 치러내면 몸과 마음, 머리는 아주 단단하게 단련된다. 이때 우리는 강인한 인내심으로 마음을 다스려야 한다. 지금 이 시기는 어둡고 좁은 고치 속에서 때를 기다려야 하는 순간이기 때문이다. 눈부신 날개를 얻어 푸른 하늘을 날아다닐 것을 생각하면 이 정도 시련쯤은 아무것도 아니라고 되뇌어야 한다.

인내로 마음을 다스리면 마음 깊은 곳에 도사리고 있던 평온과 만나게 된다. 그 평온의 순간 우리는 보다 깊은 심연에 이르게 되고, 자신의 정체성을 확립하게 된다. 인내는 머리로 아는 것이 아니라 몸과 마음으로 직접 체험하고 느끼는 것이기 때문이다. 이렇게 온몸으로 실천하고 행동하는 가운데 우리는 보다 성숙하게 된다.

힘을 내고 싶을 땐
오히려 힘을 뺀다

운동선수들은 일반인들에 비해 탄탄한 근육과 넘치는 힘을 가지고 있지만 그들의 근육을 직접 만져보면 놀라우리만큼 부드러운 것에 감탄하게 된다. 온몸의 에너지를 끌어 모아 힘을 쓰는 사람일수록 근육이 부드럽고 몸과 마음이 편안하게 이완되어 있다.

스트레스를 받거나 슬럼프에 빠졌을 때 사람들은 긴장을 하게 된다. 하지만 그 결과는 오히려 실수와 어색함으로 이어져 부정적인 결과를 낳게 된다. 긴장으로 목이나 어깨가 굳어버리면 근육이 힘을 쓸 수가 없게 되고 균형감을 잃어버린다. 수영을 할 때도 몸의 힘을 빼는 것이 가장 중요하고, 테니스를 칠 때도 손목을 부드럽게 풀어주는 것이 중요한 것처럼, 우리의 의식도 충분히 이완된 상태에서 긴장을 풀어주어야 에너지가 잘 순환되어 힘이 생긴다. 힘을 내고 싶을 때는 오히려 힘을 빼야 하는 원리는 바로 이것 때문이다.

큰일을 앞두고 있을수록 심신을 편안하게 한 상태에서 자신감을 가지고 '분명히 이루어질 거야!'라는 자기암시를 강하게 주는 것이 중요하다. 부정적인 메시지는 우리 몸에 두려움을 주입해서 긴장을 불러일으킨다. 문제에 집착하게 만들어 에너지가 움직일 수 있는 공간을 없애버리는 것이다.

온몸 구석구석 혈액순환이 잘 되어야 건강한 것처럼, 사람의 에너지는 몸을 감싸고 있는 공기처럼 우리 몸을 자유롭게 순환해야 한다. 손끝에서 발끝까지 유연한 연결통로를 그리며 에너지의 흐름을 형성하고 원활하게 움직여야 한다. 그 가운데 마음의 평정을 되찾아 의심과 두려움을 떨쳐내고 온몸의 힘을 빼야 한다. 그러면 없던 힘도 절로 솟아나게 된다.

'마린보이' 박태환 선수가 자신의 기록을 경신하며 지속적인 발전을 거듭하고 있는 것도 이미지 트레이닝을 통해 집중력을 키운 것이 주효했다고 한다. 평소 철저한 훈련과 근육운동을 통해 기량을 향상시키는 것은 물론, 시합에서 긴장하지 않으려고 시합 전에 음악을 듣는다고 한다. 이런 과정을 통해 차분하게 페이스를 조절하고, 훈련할 때처럼 흔들리지 않는 마음을 유지해야 옆의 선수들에게 휘말리지 않고 자신의 실력을 발휘할 수 있는 것이다. 중요한 순간일수록 마음을 다스리는 것이 신체 에너지를 조절하는 방법이다.

아무래도 마음이 진정되지 않을 때, 절대 실수하고 싶지 않은 중요한 순간, 3분만 시간을 내서 화장실로 달려가라. 화장실 거울 앞에 서서 거울 속의 나를 바라보면서 호흡을 가다듬는다. 이때 긴장감에 몸을 떨고 있는 내가 아니라, 보다 객관화된 시선으로 나를 바라보는 또 다른 내가 된다. 앞 장에서 이야기했던 '거울의 법칙'과 일맥상통한다.

아무 말 없이 30초 정도 나를 바라보고 있노라면 어느새 호흡을 조절할 수 있으며 자신감이 생기게 된다. 이때 마음속으로 '괜찮아. 잘 될 거야. 난 이미 성공한 거나 다를 바 없어. 그냥 평소대로 하면 돼. 파이팅!' 이라고 외쳐보자. 옆에 사람이 없다면 크게 소리를 내어 말하면 더욱 좋다. 그리고 거울 속의 나를 향해 웃음을 지어보는 것이다. 그리고 머리를 가다듬고 화장실을 나서면 나는 이미 3분 전의 나와는 완전히 다른 사람이 되어 있다.

시험이나 면접을 앞두고, 중요한 발표회를 앞두고, 중요한 사람을 만날 때 긴장이 가시지 않는다면 언제든지 이 방법을 활용해보자. 화장실 같은 공간을 찾아갈 만한 시간적인 여유가 없다면 혼자서 눈을 감고 거울을 하나 떠올려본다. 상상 속 거울 속에 자신의 얼굴을 비쳐보자. 그 거울 속에 자신의 영상이 떠오르기만 하면 그걸로 충분하다. 이미 당신은 충분히 집중해 있고 마음의 힘은 충전이 되었다. 이제 당당히 나아가기만 하면 되는 것이다.

언제까지 투덜대고만
있을 것인가

친구들과 이야기를 나눠보면 자신의 상황이나 조건에 불만이 하나도 없는 사람은 없다는 것을 알게 된다. 얼굴이 예뻐서 부러웠던 한 친구는 양쪽 쌍꺼풀이 짝짝이라 누가 눈만 쳐다보면 신경질이 나고, 전교 1등인 친구는 시험을 볼 때마다 성적이 떨어질까봐 심장이 오그라드는 것 같아 도망가고만 싶다고 한다. 또 집이 부자여서 친구들의 부러움을 사는 아이는 부모님이 맞벌이를 하고 출장도 잦아서 일주일에 한 번 얼굴 보기도 힘들다며 투덜거린다. 옆에서 보면 다들 남부러울 것 없이 살고 있는 것 같은데, 조금만 가까이 다가가서 속사정을 들여다보면 불만 없는 사람이 없는 것이다.

사람은 누구나 자신의 처지보다 한 단계 나은 조건의 사람을 쳐다보면서 처지를 비관한다. 자신이 가진 모든 조건에 감사하며 순응하는 사람은 거의 없다. 나보다 좋은 조건의 사람을 표본으로 삼아 발전의 원동력으로 삼는다면 좋은 일이지만, 그저 남보다 못한 처지를 비관하고 투덜거리기만 한다면 발전은커녕 계속되는 짜증을 스스로도 감당하기 힘들어질 것이다.

얼핏 보면 '세상은 참 불공평하다'는 생각이 들지만 조금 더 긴 시간을 두고 보면 그렇지 않다는 것을 알게 된다. 하늘은 한 사람에게 모든 것을 함께 주지 않는다. 어느 하나를 주면 다른 하나를 가져가고, 어느 하나가 넘치면 다른 하나를 모자라게 해서 균형을 맞춘다. 세상에 완벽한 사람, 완벽한 조건이 없는 것은 바로 이런 자연의 섭리와 조율 때문이다.

내게 주어진 조건 중 마음에 안 드는 것이 있다면 내게도 분명히 다른 누군가가 부러워할 만한 다른 조건이 하나쯤은 있을 것이다. 내가 마음을 가라앉히지 못하고 불평불만만 늘어놓기 때문에 남들은 부러워하는 좋은 조건이 눈에 보이지 않는 것뿐이다.

골프 황제 타이거 우즈는 흑인이지만 백인 일색인 골프 세계에서 인종의 벽을 허물고 일어선 영웅이다. 그는 생후 6개월 때부터 골프공을 갖고 놀기 시작해 두세 살 때 이미 골프 신동으로 언론의 조명을 받았다. 하지만 그가 백인이 아니라는 자신의 조건을 탓했더라면 우리는 그의 멋진 티샷을 볼 수 없었을 것이다.

그는 인종적인 차별과 혼혈인을 무시하는 백인우월주의자들의 시선을 실력으로 극복해냈다. 결국 그는 25세의 나이에 4대 메이저 대회 연속 우승을 기록하며 그 누구도 거머쥐지 못했던 '골프 황제'의 칭호를 획득한 것이다.

마음에 들지 않거나 부족하다고 느끼는 조건이 있으면 나름대로 '인내의 시간'을 정해 얼마간 견디는 연습을 해보자. 이틀이면 이틀, 일주일이면 일주일, 그 문제에 대한 짜증이 밀려올 때마다 눈을 감고 미소를 머금는다. 이때는 마음이 편해지건 여전히 불편하건 미소 짓는 것을 원칙으로 해야 한다.

이렇게 며칠간 연습을 하고나면 그토록 짜증스럽게만 느껴지던 조건들이 의외로 별것 아니라는 생각이 저절로 들게 된다. 억지로라도 미소를 지을 수 있는 조건이라면 그렇게까지 나쁜 상황은 아니기 때문이다. 얼마간의 연습을 통해 이렇게라도 견디는 것이 화내고 투덜대는 일보다 훨씬 덜 힘들다.

나의 미래는 내가 만들어 가는 것이다. 스스로 주인공이 되지 않으면 진정한 기쁨이나 자유도 없다. 인간은 자신이 믿고 원하는 대로 변해가기 때문에 인생의 주도권을 내 손에 쥐고 스스로 주인이 되어 인생을 이끌어가야 한다.

투덜대는 말은 투덜댈 만한 상황의 씨앗이 되고, 감사의 말은 감사할 만한 상황의 씨앗이 된다. '말이 씨가 된다'는 옛말 속에는 이렇게 엄청난 진리가 숨겨져 있는 것이다. 말은 무의식중에 자기암시를 거는 마법의 주술 같은 것이다. 다른 어떤 암시보다도 매우 민감한 도구이기 때문에 항상 조심해서 다뤄야 한다.

괴로움에 빠져 있을 때는 세상의 고통이 모두 내 것만 같고, 나 혼자만 외롭고 힘든 것처럼 느껴진다. 그러나 조금만 주위를 둘러보면 나보다 더 고통 받고 힘든 시간을 보내는 사람들이 많다. 주어진 것에 대해 불평하고 상처받는 대신 그 상황을 공부하고 극복해야 할 교훈으로 삼자. 우리는 겨우 새싹 단계다. 나로부터 비롯되는 변화의 씨앗이 이미 내 안에서 발아되어 자라고 있음을 잊으면 안 된다.

지금 내게 주어진 조건과 상황들은 하늘이 내게 준 기회다. 아무 걱정 없이 공부만 할 수 있다는 것도 아무에게나 주어지는 행운이 아니다. 열정을 가지고 최선을 다하면 그곳에서 긍지와 보람을 찾을 수 있을 것이다.

부족하다고 느끼는 것은 내 마음이 풍요롭지 못하기 때문이다. 내 영혼을 풍요롭게 가꾸고 확신과 의지를 가지고 인내의 시간을 이겨낸다면 승리는 내 곁에 바짝 다가와 있을 것이다.

주저하지 않는 것만으로도 충분하다

번지점프를 해본 적이 있는가? 한껏 기대에 부풀어 점프대에 올랐지만 막상 아래를 내려다보면 아찔한 긴장감에 발목을 붙잡히고 만다. 한순간 그렇게 두려움에 사로잡히게 되면 절대 점프를 할 수가 없다. 마음을 고쳐먹고 점프대 쪽으로 다가가보지만 뛰어내리기는커녕 난간을 잡은 손을 놓는 일조차 쉽지 않다. 이중 삼중으로 안전장치가 되어 있다는 것을 알고 있지만 좀처럼 발이 떨어지지 않는 것은 어쩔 수가 없다.

그러다 어느 순간 마음을 고쳐먹으면 뛰어내리는 일은 아무것도 아니게 된다. 주저하는 마음만 접으면 번지점프는 스릴 넘치는 스포츠요 놀이가 된다. 점프대에서 창공으로 몸을 날리는 순간, 발목을 붙잡던 망설임이 얼마나 보잘것없는 감정이었는지 느끼게 된다.

진정한 변화를 위해서는 번지점프를 하듯이 자신을 내던져야 한다. 하지만 지금까지의 습관들을 내던지기까지는 엄청난 용기가 필요하다.

'지금까지 내가 살아온 방식을 내던져 버리라고? 그럼 이제부터는 어떻게 살아야 하지? 그렇게 달라진 모습 역시 나라고 할 수 있을까? 그렇게 되면 사람들이 나를 우습게 보지는 않을까? 가만히 있으면 중간이나 갈 텐데 괜히 시간낭비만 하는 것은 아닐까?'

수없이 많은 의심과 두려움이 앞서게 된다. 그러면 나를 내던지는 일이 점점 어려워진다. 일단 망설임이 개입되면 의심과 두려움은 점점 더 커지기 때문이다. 이런 망설임의 시간이 길어지면 길어질수록 변화의 기회는 멀어져간다.

온 국민이 사랑하는 섹시 디바 이효리가 핑클 시절의 소녀적 취향을 버리지 못했다면 지금의 변신은 있을 수 없었을 것이다. 하얀색 무릎 양말에 체크무늬 치마를 입고 여고생처럼 깜찍한 표정을 지으며 눈망울을 반짝이던 '요정' 이효리. 하지만 핑클 멤버들은 이제 모두 흩어졌고, 과거의 명성도 시들해졌다. 이제는 사랑스러운 핑클이 아닌, 매혹적인 이효리가 있을 뿐이다. 데뷔 이후

5년간 그녀를 드러내던 모든 수식어와 포장들을 걷어낸 용기 있는 선택이 지금의 이효리를 만든 것이다. 하지만 이효리처럼 결단력 있게 과거의 자신을 내던지지 못한 수많은 가수들은 이미 우리들의 기억 너머로 사라져 버렸다. 변신하지 않으면 퇴보할 수밖에 없는 것이 이 사회의 경쟁논리이기 때문이다.

물론 어떤 일을 결정할 때는 충분한 심사숙고의 과정을 거쳐야 한다. 섣불리 내린 결정은 실수를 동반할 가능성이 아주 높기 때문이다. 내가 살아가고, 책임져야 할 인생이기에 아무도 성급하게 결정하라고 재촉할 수는 없다. 기나긴 시간을 두고 결정하는 일인 만큼, 꿈을 결정하는 것도 열정을 갖고 도전하는 것도, 고난의 시간을 참고 인내하는 것도 모두 충분히 생각한 뒤에 내 스스로 결정 내려야 한다. 그래야 진정한 힘을 얻을 수 있다.

하지만 우리는 아직 어리고 경험이 부족해서 스스로 판단하기 어려울 때가 많다. 이때는 선생님이나 부모님께 조언을 구하면 된다. 누구보다도 내가 잘되기를 바라고 진심으로 후원해주는 분들의 조언은 그 순간에는 다소 의아하게 여겨질 수도 있지만 시간이 지나고 나면 역시 현명한 선택이었음을 인정하게 될 것이다. 주인의식을 가지고 모든 것을 스스로 헤쳐 나가되, 현명한 조언에 귀기울이는 마음만은 언제나 열어두기 바란다.

한 마리의 나비가 탄생하기 위해서는 목숨을 건 도전이 계속된다. 몇 차례의 허물벗기를 시작으로 고치를 틀고 겨울을 나야 하는 고통의 시간을 거친 뒤 자신의 힘으로 고치를 뚫고 나오는 자생력을 갖춰야 비로소 자유로운 한 마리의 나비가 되는 것이다.

때로는 마음이 나약해져서 스스로 충분한 능력을 갖고 있다는 것을 잊어버리더라도 우리 안에는 무한한 능력들이 꿈틀거리며 그 빛을 발할 수 있는 때가 오기를 조용히 기다리고 있다.

고치를 뚫고 나가 화려하고 아름다운 날개를 펼치기 위해서는 얼마간 어둡고 비좁은 고치 안에서 인내의 시간을 가져야 한다. 애벌레로 태어나 긴 시간 동안 나의 정체성을 확인하고 실을 뽑아내고 거기에 예쁜 색을 입혀 날아오를 준비를 마쳤으니 이제 곧 나비가 되어 날아오를 시간이 열릴 것이다. 여기에는 날개를 활짝 펼치고 날아오를 수 있다는 믿음이 기본이 된다. 철저한 준비와 굳은 믿음만 있으면 성공은 예약된 것이나 다름없다.

'믿음' 하면 한화 이글스의 김인식 감독만한 사람이 없다. 그는 국내 야구감독 중에서도 '믿음의 야구'로 정평이 나 있는 사람이다. 한번 믿음을 준 선수는 끝까지 밀어주는 것이 김인식 감독의 스타일이다. 때로는 지나친 믿음 때문에 자기 발등 자기가 찍는 경우도 있지만, 웬만하면 진득하게 믿어주는 것으로 유명하다. 투수든, 타자든 관계없이 최대한 기회를 부여해주는 것이 그의 경기 운영 방식이다. 야구는 선수 구성과 전력에 따라 팀 운영방식이 달라진다. 하지만 기본적으로 감독이 가지고 있는 저마다의 고유한 성향이 팀 분위기를 좌우한다. 실제로 한화는 김인식 감독이 부임하기 전까지는 부진을 면치 못했다. 3년 전만 해도 7위에 머물러 팬들을 실망시켰다. 하지만 재작년에는 3위, 작년에는 한국 시리즈 준우승으로 한 단계씩 상승계단을 밟아왔다. '믿음의 야구'가 큰 힘을 발휘한 것이다.

해가 뜨는 것을 보고 싶다면 어둡고 추운 새벽을 인내해야 한다

 성공한 사람과 실패한 사람의 가장 큰 차이를 인내라고 말한다. 어떤 일이건 성공을 눈앞에 두고서는 인내의 시간을 요구하기 때문이다. 이 인내의 시간을 훌륭하게 감내해낸 사람은 기쁨의 미소와 함께 성공의 트로피를 거머쥘 것이고, 그렇지 못한 사람은 실패의 눈물이 얼마나 쓴지 맛봐야 할 것이다.

인내의 시간을 견뎌내는 것이 쉽지 않은 것은, 성공의 순간에 가까이 다가갈수록 시련이 거세지기 때문이다. 여태껏 도전하고 부서지기를 반복해왔지만 마지막 인내의 순간만큼 힘겨운 시간은 없었을 것이다. 온몸의 기운이 다하고 이제 더 이상은 어려울 만큼 한계에 달했을 때, 바로 그때가 날개를 뒤척일 순간이다.

새해 첫날, 큰맘 먹고 해돋이를 보기 위해 바닷가에 나갔다가 호되게 당하고 돌아온 사람들이 꽤 많다. 한겨울 바닷가에 나가보면 살을 에는 듯한 새벽바람이 얼마나 아픈지 뼛속 깊이 느끼게 된다. 게다가 좋은 자리를 차지하고 마음껏 해돋이를 감상하려면 남보다 10분이라도 앞서 나가야 한다.

한겨울 새벽 6시, 겨울 바닷가엔 칠흑 같은 어둠만 가득하다. 하지만 해가 떠오르려면 아직 한 시간도 넘게 기다려야 한다. 외투로 무장을 하고 담요까지 싸들고 와도 겨울 바닷바람을 견디기란 그리 만만치 않다. 게다가 6시 반이 되고 7시가 되면 날은 더욱 춥고 어두워진다.

얼핏 생각하면 해뜰 때가 다가오니 날도 점점 더 밝아지고 기온도 조금이라도 올라갈 것 같은데 오히려 그 반대현상이 일어나는 것이다. 해뜨기 전이 가장 어둡다는 말을, 겪어본 사람은 이를 부딪치고 온몸을 부들부들 떨면서 배웠을 것이다.

우리의 인생도 마찬가지다. 꿈을 이루는 순간이 다가올수록 시련이 거세진다. 이때가 되면 오랫동안 잘 버텨오던 사람들도 하나둘 나가떨어진다. '이제 그만! 고지가 눈앞이라는 것을 알지만 너무 지쳐서 그만 포기하고 싶다. 이제는 꿈이고 인생이고 만사가 귀찮다' 는 생각이 절로 든다. 이것이 바로 마지막 시험이다.

무언가를 이루기 위해서는 부단히 노력해야만 기대한 만큼의 성과를 얻을 수 있다는 것을 알고 있지만, 시련이 거세고 길어지면 그대로 주저앉아 버린다. 때로는 누군가 내게 손을 내밀에 일으켜 세워주기를 바라는 마음이 생기기도 한다. 실제로 기회가 되면 선생님이나 부모님에게 슬쩍 기대서 어려운 고비를 피해가기도 한다.

하지만 이처럼 스스로 마무리를 짓지 못하고 중도에 포기해 버리는 사람들은 외부의 시련을 탓할 게 아니라 자신의 나약한 의지를 탓해야 한다. 인생은 끊임없는 도전과 전진으로 이루어진다. 무엇이든 단 한 번에 이루어지는 것은 없다. 우리가 처음 걸음마를 배울 때도 마찬가지였다. 수없이 넘어지고 부딪치면서 한 발짝 한 발짝 걸음을 떼어놓았듯, 우리의 인생은 끊임없는 도전과 실패를 반복하면서 이루어진다.

솔개는 최고 약 70세의 수명을 누리는 새로 알려져 있다. 이렇게 장수하려면 40세가 되었을 때 매우 고통스럽고 중요한 과정을 거쳐야 한다. 이미 노화되어 사냥감을 잡아챌 수 없는 발톱과 길고 구부러져 가슴에 닿는 부리, 두껍고 무거워 날 수 없는 깃털을 스스로 벗어나야 하는 것이다. 이때 솔개는 높은 산 정상으로 올라가 인고의 시간을 겪게 된다. 먼저 부리로 바위를 쪼아 부리를 깨뜨려 빠지게 만든다. 그러면 서서히 새로운 부리가 돋아난다. 새 부리가 돋아나면 이번에는 발톱을 하나하나 뽑아낸다. 그리고 그 자리에 새로 발톱이 돋아나면 이번에는 날개의 깃털을 하나하나 뽑아낸다. 이렇게 반 년 정도의 시간을 보내고 나면 솔개는 완전히 새로운 모습으로 변신하게 된다. 건강과 젊음을 되찾아 다시 30년 동안 창공을 누비게 되는 것이다. 그러나 험난한 고통을 피해간다면 솔개는 앉아서 죽음을 기다릴 수밖에 없다.

모든 도전에는 고통스러운 시련이 따르게 마련이다. 그러나 성공을 향한 마지막 인내라고 한다면 두려울 것이 없다. 진정한 실패란 그 한 번의 시도에서 성공하지 못하는 것이 아니라 그것을 끝까지 해보지도 않고 중도에 포기해버리는 것이기 때문이다. 모든 문제는 나로부터 비롯된 것이고, 그 문제에 대한 답도 내 안에 있다. 기왕에 고치를 틀었으면 아주 단단하게 틀어야 한다.

내 안의 발전소를 가동한다

나비가 되기 위해 스스로를 변화시켜 가는 길에는 많은 장애물이 도사리고 있다. 그중에서 가장 큰 장애물은 자기 자신이다. 포기하고 싶은 마음, 타협하고 싶은 마음, 합리화하고 싶은 마음 등 나약한 마음들이 안에서 나를 괴롭힌다.

그중에서 가장 무서운 장애물은 위로받고 싶은 마음이다. 사람과 사람이 서로 위로하고 위로 받으며 사는 일은 당연하다고 생각할 수도 있지만, 위로받고 싶은 마음의 밑바닥을 들여다보면 스스로의 에너지가 부족해서 밖으로부터 에너지를 얻고 싶은 약한 마음이 도사리고 있다. 다른 사람들에게 위로를 구하며 기대는 것은 나 자신의 에너지가 부족함을 인정하는 셈이 된다.

진정한 힘을 발휘하기 위해서는 그 에너지가 안으로부터 샘솟아야 한다. 타인의 에너지를 빌려 쓰는 것은 당장은 편하고 효과가 있는 것처럼 보이지만, 기나긴 꿈의 여정에서는 오히려 마이너스로 작용한다. 내 힘으로는 판단할 수 없어서 부모님이나 선생님께 조언을 구하는 수준을 넘어서 기대는 것은 절대 있을 수 없는 일이다. 제대로 된 날개를 달고 날아오르고 싶다면 내면에 숨겨져 있는 자신의 힘을 발굴해 내야 한다.

우리는 누구나 내면에 의식발전소를 가지고 있다. 언제든 내가 그 발전소를 돌리기만 하면 이 세상을 채우고도 남을 에너지가 쏟아져 나온다. 수력발전소, 풍력발전소, 화력발전소, 원자력발전소, 그 어떤 것도 사람의 마음속에서 돌아가는 의식발전소를 이겨 낼 수가 없다. 의식발전소가 가동을 시작하면 상상하지도 못했던 가공할 만한 에너지가 끝도 없는 쏟아져 나오기 때문이다.

하지만 밖으로부터 에너지를 얻고자 하는 나약한 마음이 먼저 발동하게 되면 그 발전소는 그만 문을 닫아버리고 만다. 이 발전소는 원칙이 철저해서 적당히 타협하는 일이란 상상할 수도 없다. 마음이 위축되고 밖으로 손을 내미는 바로 순간 스위치가 꺼져버리기 때문에 한시도 마음을 허술히 할 수 없다.

하지만 아무리 어려운 조건에서도 인내하고 내 안의 발전소를 가동하겠다는 의지만 보여준다면 발전소는 스스로 불을 밝히고 에너지를 생산해낸다. 나를 바꾸고 세상을 바꿀 최강의 에너지가 흘러넘치는 것이다.

작고 볼품없는 애벌레도 나비가 되기 위해서는 밖으로부터의 에너지를 철저하게 차단하고 단단하게 고치를 튼다. 그리고 오로지 고치 안에서 돌리는 발전소의 에너지만으로 나비가 되어가는 힘을 얻는다. 밖을 향해 손 내밀 여지를 차단하는 그 순간, 고치 안에는 이미 나비가 될 수 있는 충분한 에너지가 들어차게 되는 것이다.

남에게서 얻는 위로는 그 순간은 달콤할지 모르지만 결과적으로는 자신을 약하게 만들어버린다. 누군가 나를 위로해주려 한다면 그것을 감사히 받아들이자. 우리는 친구 없이 인생을 살아갈 수 없으며, 사람과 사람이 만나 가슴으로 교류하는 즐거움 또한 외면할 수 없는 것이기 때문이다. 하지만 순간의 달콤한 위로와 휴식에 마음이 팔려 나를 옭아매서는 절대 안 된다. 내 안에는 이미 충분히 내게 힘을 주고 용기를 줄 수 있는 '나비'가 존재하기 때문이다. 나를 진정으로 영원히 위로할 수 있는 사람은 오로지 '내 안에 있는 나' 뿐이라는 것을 기억해야 한다.

한 마리 애벌레가 되어보는 고치틀기 체험

나비의 일생에서 가장 힘든 시기가 바로 고치를 틀어 보내는 시간이지만, 이 시간이 없다면 애벌레는 번데기를 통해 나비가 되는 성숙의 과정을 거칠 수가 없으며 화려한 날개를 얻을 수도 없다. 이처럼 모든 일에는 그것이 이루어지기에 충분한 숙성과정이 필요하다.

황금나비스쿨의 교육과정 중에 '고치틀기'라는 과정이 있는데, 나비가 나무에 매달려 고치를 틀고 있는 모습을 형상화한 것이다. 한 마리의 애벌레가 되어 고치를 틀고 그 안에서 나비를 꿈꾸며 인내의 시간을 보내보는 것이다.

1. 간단한 체조로 몸을 이완시켜 주고 크게 심호흡을 하며 몸과 마음의 평정을 유지한다.
2. 양발을 어깨넓이보다 조금 넓게 벌리고 서는데, 이때 발끝은 정면을 향한다.
3. 이 자세에서 무릎을 자연스럽게 굽혀 안정된 기마자세를 취한다.
4. 이제 두 팔을 가슴높이로 들어올려 커다란 나뭇가지를 안듯, 가슴 앞에 둥근 원을 그린다. 이때 손바닥은 몸 쪽을 향하고 양 손끝은 손가락 한 마디 정도를 벌려준다.
5. 허리를 곧게 펴고 조용히 눈을 감는다.
6. 이 자세를 15분 동안 유지하며 마음속으로 '이완-집중-몰입'의 단계를 거친다.
7. 시간이 완료되면 조용히 바닥에 드러누워 사지를 펼치고 심신의 이완을 경험해 본다.

- 이때 어깨와 팔에 힘이 들어가서는 안 된다. 온몸의 긴장을 풀고 가장 편안한 상태를 유지한다.
- 눈을 감고 있는 것이 너무 어지러우면 중간에 잠깐잠깐 눈을 떠도 좋다. 하지만 심신의 이완과 몰입을 해치지 않도록 주의한다.

고치틀기는 우리의 전통적인 수련법에서 그 방법을 가져왔기 때문에 꾸준히 한다면 아주 훌륭한 운동법으로 활용할 수 있다. 이 자세를 제대로 취하며 이완 – 집중 – 몰입의 단계를 충분히 수행해내는 사람은 에너지의 흐름이 원활해지면서 갑자기 팔이 가벼워지거나 평소 아팠던 부위의 통증이 사라지는 경험을 하기도 한다.

하지만 고치틀기는 육체와의 싸움이라기보다 자기 자신의 내면과의 끊임없는 대화다. 내가 고치를 튼 15분 동안의 시간은 그동안 소망해오던 소중한 꿈이 이루어져가는 시간이 되는 것이다.

황금나비스쿨에서 고치틀기 체험을 해본 친구들 중에는 짧지만 힘들었던 자신의 삶을 들여다봤다고 말하는 친구도 있고, 입으로는 꿈을 말하지만 핑계만 있으면 번번이 포기하곤 했던 자신을 이겨냈다는 친구도 있었다.

1분도 채 못 버틸 것 같았던 고치틀기 자세를 15분씩이나 해냈다는 성취감은 또 다른 선물이 되었다. 자신이 원하는 것을 이루기 위해서는 그것을 이룰 만한 에너지의 집중과 정성이 필요하다. 고치틀기 체험은 순간적인 집중력과 에너지의 몰입을 배울 수 있는 좋은 기회가 될 것이다.

인내의 끝에 **희망**이 빛나다

드디어 고통스러운 인내의 시간이 마무리되었다.

이제 어두운 고치를 벗어나 황금빛 날개를 펼치고

상쾌한 대기 속으로 날아오르기만 하면 된다.

아름다운 꽃과 향기로운 꿀이 도처에 널렸고,

그간의 고통과 시련은 한낱 추억이 되어 기억 속으로 사라져간다.

애벌레는 드디어 나비가 되었고 상상해보지도 못한 아름다운 날개를 갖게 되었다.

시련을 통해 제 안에 깃들어 있던 모든 가능성을 확인했고

결국 성공의 열매를 맛보게 된 것이다.

6

오체 불만족, 오토다케 히로타다의
희망의 미소

《오체 불만족》이라는 자서전으로 일본을 비롯해 전 세계인을 감동시킨 오토다케 히로타다는 선천적으로 팔다리가 없는 장애인이다. 하지만 그는 자신의 노력과 주위 사람들의 도움으로 정상인과 똑같은 교육과정을 밟고 일본에서도 명문인 와세다 대학 정치학과에 입학해 훌륭한 성적으로 졸업했다. 육체적인 한계를 뛰어넘은 그의 도전의식은 많은 이들에게 감동과 희망을 안겨 주었다.

휠체어에 앉을 때 몸을 지탱해줄 다리도, 휠체어를 조정할 손도 없는 그는 높다란 휠체어 위에 덩그마니 앉아서 생활한다. 처음 그의 모습을 보게 되면 대부분의 사람들은 큰 충격에 휩싸인다. 그의 모습은 보는 것만으로도 가슴이 쓰라려 온다. 하지만 그의 얼굴을 마주 대하고 나면 사람들은 더 큰 충격을 겪게 된다. 그의 얼굴에는 전신적인 장애를 전혀 예상할 수 없을 만큼 화사한 미소와 자신감이 가득하기 때문이다. 그의 얼굴에는 말하는 모습이나 표정에까지 희망이 가득하다.

불편 없이 생활을 해나가기 위한 최소한의 육체조차 갖지 못한 그가 어떻게 다 가진 자의 미소를 지을 수 있는 것일까. 그를 만난 모든 사람들이 궁금해 하는 질문이다. 그는 숱한 좌절과 번뇌를 겪었지만 단 한 순간도 희망의 끈을 놓지 않았다고 말한다. 그의 얼굴에서 빛나는 것은 단순한 미소가 아니라 희망의 빛이었던 것이다.

대학을 졸업한 뒤 그는 결혼도 하고 얼마 전에는 초등학교 교사 자격증을 취득해서 선생님이 되었다고 한다. 건강한 사람도 어렵다는 교원실습까지 통과하고 어엿한 선생님이 되어 교실에서 아이들에게 공부를 가르치는 것은 물론, 운동장에서 함께 체육수업까지 할 정도로 건강하고 활발한 모습을 보여주었다. 오토다케 히로타다는 희망을 잃지 않는다면 반드시 꿈을 이룰 수 있다는 것을 몸으로 실천해 보여준 살아 있는 신화라고 할 수 있다.

나비가 바닥에서 기는 애벌레에서 하늘을 훨훨 날아다니기 위해 그 꿈을 이루어가듯이, 희망은 스스로의 삶에 대한 감사로 이어진다. 또한 그것은 더 큰 성공을 얻기 위한 희망을 의미하기도 한다. 우리가 성공을 꿈꾸는 것도 누군가의 희망찬 날갯짓을 보았기 때문이 아닌가. 더 큰 가능성을 보여주고 뿌리는 나눔의 삶, 이것이 바로 마지막 자아실현의 모습이다.

나만의 상징을 만든다

 교육이 마무리되면 교육생들은 가슴에 금빛으로 빛나는 나비 모양의 배지를 달게 된다. 꿈을 가지고 열정적으로 도전하고 인내했으니 이제 희망의 날개를 펼치는 일만 남았음을 상징하는 의식이다.

이 나비 모양의 배지에는 많은 뜻이 담겨 있다. 나비의 날개는 무한대 기호(∞)와 닮았다. 이 무한대 기호는 일단 손가락을 대면 한 번도 떼지 않고 단숨에 그릴 수 있는 특이한 모양을 하고 있다. 나비의 날개도 마찬가지다. 무한대 기호처럼 한 번에 왼쪽 날개와 오른쪽 날개를 그릴 수가 있다. 왼쪽 날개를 다 그리고 오른쪽 날개를 그리면 원래의 출발점으로 되돌아오게 된다. 여기에 세상의 '베스트 원, 퍼스트 원, 온리 원'이 되라는 뜻에서 가운데에 1자를 그려 준다. 그러면 나비 모양이 훌륭하게 완성된다.

이 무한대 기호의 모양처럼 세상은 돌고 돌아서 다시 그 자리로 돌아온다. 어떤 사람들은 세상살이라는 게 미묘한 우연들이 맞물려 돌아가며 이루어지는 것이라고 말하지만, 우연히 이루어지는 일은 하나도 없다. 사소한 일 하나하나까지 내가 뿌린 대로 거두는 것이다.

옛말에 '침 뱉은 우물물 꼭 다시 먹는 날 온다'고 했다. 지긋지긋한 시골살림에 이골이 나서 "내 다시는 이곳으로 돌아오나 봐라" 하며 여태껏 식수로 사용하던 우물에 침을 뱉고 떠났던 사람이 언젠가는 다시 고향으로 돌아와 그 물을 마시게 된다는 말이다. 이 속담에는 세상은 돌고 도는 것이고, 모든 것은 원인과 결과로 이어져 있으니 소홀히 해서는 안 된다는 교훈이 담겨 있다.

지금 당장 내가 멋진 날개를 가졌다고 해서 자만해서는 안 된다. 한창 성장해야 할 나이에는 자만만큼 위험한 적수도 없다. 한두 번 성공을 맛보고 작은 날개를 몇 번 퍼덕여본 사람은 특히나 자만을 경계해야 한다. 이 자만이란 놈은 생각보다 지독하고 끈질겨서 한번 자리를 틀고 앉으면 좀처럼 나가려 하지 않는다.

그러면 몸이 무거워져서 나중에는 더 큰 꿈을 향해 날아가는 일은 영영 힘들어지고 만다.

황금나비를 가슴에 다는 것은 그날의 교훈을 잊지 않겠다고 다짐한다는 점에서도 특별한 의미가 있다. 우리는 시시때때로 좋은 격언을 접하고, 수업이나 책을 통해 훌륭한 교훈을 얻는다. 한마디의 교훈이 백 가지의 지식보다 더 큰 효과를 발휘할 때가 있음을 부인하는 사람은 아무도 없을 것이다.

하지만 학교에, 학원에, 수업에, 숙제에 쉴 새 없이 치이다 보면 마음 속 깊이 새겨두려 했던 인생의 교훈도 희미해져 버리고 만다. 또 더러는 내 인생을 이끌어줄만한 멋진 교훈과 가르침이 있었다는 사실조차 잊어버리게 된다. 이럴 때 우리를 각성하게 해주는 장치가 필요하다. 황금나비 배지는 바로 그런 의미에서 반복적인 학습효과를 도출해 준다.

책을 통해 황금나비를 접하는 친구들도 같은 방법을 적용해 볼 수 있다. 나를 지켜주는 행운의 마스코트를 가지고 다니는 것처럼, 나를 꿈의 여정으로 이끌어줄 만한 작은 상징을 만들어 항상 가지고 다니는 것이다. 언제 어디서라도 휴대할 수 있는 작은 물건이어야 하고, 오래도록 부서지거나 망가지지 않는 물건이 좋다.

작은 열쇠고리나 예쁘장한 장식핀, 평생 간직하고 싶은 펜, 혼자서만 은밀하게 간직할 수 있는 벨트 장식 등 무엇이라도 좋다.

나와 꿈을 연결시켜 줄 수만 있다면 어떤 물건이라도 꿈의 상징이 될 수 있다. 그렇게 작은 상징을 손에 쥐고 한시도 꿈을 놓치지 않겠다고 다짐하다 보면 자신도 모르는 사이에 희망이 활짝 열릴 것이다.

의식의 레벨로 보는 긍정과 부정의 힘

우리는 하루에도 수없이 많은 감정 속을 오가며 지낸다. 안과 밖에서 주어지는 끝없는 자극은 여러가지 감정을 불러일으키며 마음속에서 소용돌이친다. 그러다 보면 순간적인 감정에 휘둘려 원치 않는 행동을 하게 되고, 꿈을 향해 나아가는 과정에서도 방해를 받게 된다. 그렇다면 이 감정의 틈바구니에서 중심을 지키며 순간순간 자신의 감정을 조절할 수는 없을까?

미국의 데이비드 호킨스 박사는 인간의 심리적 에너지를 단계적으로 수치화했다. 이는 20여 년 간의 연구를 통해 완성된 것으로, '의식의 지도(Consciousness Map)'라고 불린다.

의식의 밝기	의식수준	감정	행동
700~1000	깨달음	언어이전	순수의식
600	평화	하나	인류공헌
540	기쁨	감사	축복
500	사랑	존경	공존
400	이성	이해	통찰력
350	포용	책임감	용서
310	자발성	낙관	친절
250	중립	신뢰	유연함
200	용기	긍정	힘을 주는
175	자존심	경멸	과장
150	분노	미움	공격
125	욕망	갈망	집착
100	두려움	근심	회피
75	슬픔	후회	낙담
50	무기력	절망	포기
30	죄의식	비난	학대
20	수치심	굴욕	잔인함

POWER
(밝은의식)

의식의
전환점

FORCE
(어두운의식)

- 저절로
- 자발적 동기부여를 통한 리더십
- 평화적 에너지
- 생기
- 긍정적인 감정, 생각, 행동, 결과
- 성공하는 삶

- 억지로
- 강압적 동기부여를 통한 리더십
- 폭력적 에너지
- 살기
- 부정적인 감정, 생각, 행동, 결과
- 실패하는 삶

그는 인간의 의식을 100단계의 밝기로 나타내고 그것을 17단계로 나누어 놓았다. 가장 왼쪽이 의식의 밝기를 나타내는 수치이고, 그 다음 칸의 수치가 의식수준을 뜻한다. 세 번째 칸은 어떤 의식에서 주로 발생하는 감정을 나타내며 제일 오른쪽 칸은 그러한 감정에서 주로 나타나는 행동을 보여주고 있다.

의식의 지도는 크게 보면 200럭스 '용기'를 기점으로 위와 아래로 나누어진다. 위쪽의 의식을 '파워(Power)'라고 하고 아래쪽을 '포스(Force)'라고 한다.

파워와 포스는 둘 다 '힘'이나 '에너지'를 뜻하는 단어이지만 파워는 주로 긍정적인 에너지를 뜻하고, 포스는 주로 부정적인 에너지를 의미한다. 200럭스 이상의 단어들은 좋은 의미를 내포하고 있는 반면, 200럭스 이하의 단어들은 기분 나쁘고 부정적인 의미를 내포하는 것을 알 수 있다.

인간의 내면에는 가장 낮은 의식인 수치심에서부터 가장 높은 의식인 깨달음까지, 모든 수준의 의식이 공존하고 있다. 이런 의식 가운데 주로 사용하는 범위의 의식이 바로 나의 의식 수준이라고 생각하면 된다.

의식의 지도를 자세히 살펴보자. 나는 평소에 어떤 의식을 주로 사용하고 있을까? 성적이 오르지 않는다고 해서 무기력에 빠져 절망하고 포기하고 있지는 않은가? 대학이라는 욕망에 사로잡혀 갈망하고 집착하지는 않는가? 이런 의식에 사로잡혀 있으면 절대 앞으로 나아갈 수 없다.

성공하기 위해서는 긍정적인 의식으로 끌어올려야 한다. 자기 자신을 똑바로 바라보고 200럭스 선에서 다시 시작해 '파워'를 향해 나아가야 한다. 모든 상황을 긍정적으로 받아들이고 신뢰와

책임감을 가지고 도전해야 한다. 그렇게 밝은 의식의 '파워'를 향해 한 걸음 한 걸음 나아가다 보면 감사와 존경을 통해 기쁨과 평화, 깨달음의 단계까지 점진적으로 발전할 수 있을 것이다.

긍정적인 자극의 신비, 오링테스트

 종종 등장해 출연자들을 놀라게 하는 아이템 중에 '오링테스트'라는 것이 있다. 오링테스트라는 이름은 몰라도 한쪽 손에 채소나 과일 같은 식품을 들고 다른 한 손은 엄지와 검지로 동그라미를 만든 뒤 다른 사람이 그 고리를 잡아당겨 푸는 것을 본 적은 있을 것이다. 그것이 바로 '바이디지털 오링테스트(Bi-Digital O-Ring Test)'라는 체질 측정법이다.

이 테스트는 우리 몸에 긍정적인 자극이 제공되면 근력이 강해지고 부정적인 자극이 제공되면 근력이 약해진다는 이론을 응용한 측정법이다. 한쪽 손에 어떤 물건을 들고 있느냐에 따라 손가

락 고리가 단단해지기도 하고 힘없이 풀려버리기도 하는 것을 볼
수 있다.

당근을 들고 테스트를 했을 때 손가락 고리가 힘없이 풀려버리
면 그 사람의 몸에는 당근이 맞지 않다고 해석할 수 있고, 감자를
쥐고 테스트를 했을 때 맨손으로 했을 때보다 고리를 조이는 힘이
강해졌다면 감자가 잘 맞는다는 뜻으로 해석할 수 있다.

오링테스트는 1970년대 초 미국에서 처음 발표된 것으로, 일본
인 의사 오무라 오시아기가 연구하여 세인들의 관심을 끌어 모았
다. 식품 외에도 약 같은 것을 올려놓은 뒤 테스트를 하면 그 물건
이 자신의 체질에 맞는지의 여부를 알 수 있어 매우 신기하다. 게
다가 조사하려는 물질을 종이나 비닐봉지, 유리병 등에 넣어서 정
체를 모른 채 검사를 해도 똑같은 결과가 나온다.

한의학에서 주로 사용하는 체질감별은 이제마가 창시한 '사상
체질'로, 인간의 체질을 태양인, 소양인, 소음인, 태음인 등 네 가
지로 나눈다. 사상체질 역시 오링테스트와 연결해서 확인해 볼 수
있다. 체질을 판별하기 위해서는 우선 무, 감자, 오이, 당근 등 네
가지 식품을 준비한다. 그중 무를 왼손에 잡았을 때 오른손 오링
의 힘이 빠지면 태양인이고, 감자를 잡았을 때 힘이 빠지면 소양
인, 오이에 힘이 빠지면 소음인, 당근에 힘이 빠지면 태음인으로
분류한다.

단, 검사를 할 때는 전자파를 방해하는 시계나 반지 등의 장신구를 걸치면 안 된다. 또 손가락 끝으로 오링을 만든 사람이나 오링을 푸는 사람 모두 가급적 손아귀의 힘을 일정한 강도로 유지해 주어야 한다.

황금나비스쿨에서도 오링테스트 시간을 갖는다. 미리 준비한 몇 가지 식품을 비롯해 현장에서 조달할 수 있는 모든 물질이 오링테스트의 대상이 된다. 특히 재미난 것은 앞에서 살펴본 '의식의 지도'에 포함되어 있는 단어들에 대해서도 오링이 반응을 보인다는 것이다.

두 장의 종이에 글씨를 써서 아무도 모르게 봉투에 담은 뒤 밀봉해서 준비한다. 두 개의 봉투는 겉에서 보기에는 전혀 구분이 가지 않는다. 그런데 그중 하나를 왼손에 들고 오른손의 오링을 풀어보니 아무리 힘을 주려 해도 힘없이 스르르 풀려버리고 만다. 또 다른 봉투는 아무리 힘을 주어 풀려고 해도 도무지 오링이 열리지 않는다. 테스트를 끝낸 뒤에 첫 번째 봉투를 열어보니 그 안에는 '슬픔'이라는 단어가 적혀 있고, 두 번째 봉투 안에는 '사랑'이라는 단어가 적혀 있었다.

테스트를 지켜보던 친구들 사이에서는 놀라움의 탄성이 터졌다. 차례로 돌아가며 몇 번을 확인해 보아도 결과는 똑같았다. 부정적인 단어나 물건에는 여지없이 오링이 힘없이 풀려버리고, 자신의 몸에 이로운 물건을 들고 있을 때는 자기도 모르는 사이에 근력이 강해지는 것을 알 수 있었다.

자신의 체질을 알고 싶다면 당장 한번 시도해 보자. 어떤 식품이나 물건이라도 좋다. 조금이라도 컨디션이나 기분을 좋게 해서 희망적인 하루하루를 살아갈 수만 있다면 이처럼 쉬우면서도 효과적인 테스트가 또 어디 있겠는가.

옛날부터 전해 내려오는 전설에 따르면 한 나라의 군왕이 될 아이는 손아귀에 그 땅의 지도가 그려져 있다고 한다. 태어날 때부터 자신의 영토를 손에 쥐고 태어나는 것이다. 한낱 옛이야기일 뿐이니 굳이 그 진위를 따질 필요는 없겠지만, 정말 그랬을까 싶어 고개가 갸웃거려지는 것도 사실이다.

성공의 지도는
내 몸속에 그려져 있다

우리 몸에는 성공의 밑그림이 되는 비밀지도가 그려져 있다는 이야기를 들어본 적이 있는가? 그 비밀지도는 다름 아닌 물이다. 우리 몸의 70%를 차지하고 있는 수분과 날마다 마시는 물, 그것이 바로 성공의 열쇠라는 이야기다.

몇 년 전 물과 파동의학 분야의 대안의학 전문가인 에모토 마사루 박사가 《물은 답을 알고 있다》라는 제목의 사진집을 출시해 화제를 모았다. 이 책은 세계 최초로 물의 결빙 결정들을 촬영한 사진들을 모아 만든 것이다. 그는 눈의 결정이 모두 다르다는 사실을 착안해 물을 얼려 결정 사진을 찍었다. 그랬더니 '사랑'이나

'감사'라는 말을 하면서 촬영한 물의 결정은 아름다운 육각형을 띠고 있었다. 하지만 '망할 놈', '바보' 등 부정적인 말을 하면서 촬영한 물의 결정은 흉하게 일그러져 있다는 놀라운 결과를 발견하게 되었다.

물은 말 이외에도 온갖 종류의 음악과 풍경 사진 등에도 각기 다른 반응을 보여주었다. 또 사람이 손으로 쓴 글자가 아닌, 워드 프로세서로 친 일정한 문자를 병에 붙여서 실험해 보아도 물은 분명한 응답을 보여 주었다. 실험의 정확성을 기하기 위해 실험자조차 어떤 글씨인지 모르게 해서 실험하거나 실험자를 바꿔보아도 같은 반응이 나왔다. 정말 신비로운 일이라고밖에 할 수 없는 노릇이었다.

에모토 마사루 박사에 의하면 이 같은 현상은 물이 정보를 기억하기 때문에 가능한 일이라고 한다. 즉, 의식의 힘이 외부의 물질에도 영향을 미칠 수 있음을 시사해주는 실험이라고 할 수 있다. 우리 마음 속에서 우러나오는 의식의 힘, 이것은 마음뿐만 아니라 눈에 보이는 모든 물질과 세계에 끊임없이 영향을 미치고 있는 것이다. 이 실험은 언제 어디서건 말 한마디 한마디를 조심해서 해야 한다는 것을 가르쳐 준다. 무심코 던진 한마디의 말이 다른 사람에게 상처를 입히는 것은 물론, 내 몸을 병들게 할 수도 있음을 기억해야 한다.

이 실험이 중요한 의미를 지니는 것은 지구의 70%가 바닷물로 뒤덮여 있으며 인간의 몸 역시 70%, 양으로 치면 35~45ℓ 정도가 수분으로 이루어져 있기 때문이다. 특히 사람의 몸은 혈액순환을 비롯한 수분의 대사가 건강을 좌우한다. 말이나 음악, 그림 같은 외적 자극요소에 의해 긍정적, 또는 부정적 반응을 보인다면 우리의 건강과 성공은 거의 물의 힘에 달려 있다고 봐도 과언이 아닐 것이다.

평소 사랑과 감사의 말을 많이 하고 즐거운 노래를 흥얼거리며 사는 사람들의 몸은 아름다운 육각 결정을 만들게 된다. 즉 아름다운 말 몇 마디만으로도 공짜 육각수를 마시는 것과 같아서, 건강과 성공을 예약할 수 있다는 것이다.

예쁜 말, 좋은 음악만으로도 몸속에 성공지도를 그릴 수 있다고 하니 망설일 이유가 없다. 너무 간단한 방법이니 말이다.

실수 속에서
참된 지혜를 발견한다

꿈을 세우고 시험 삼아 도전했더니 이루어지더라……. 그런 사람은 세상에 단 한 사람도 없다. 하다못해 구걸을 하는 일조차 처음에는 몇 번의 실패를 겪어야만 요령이 생기고 자신감이 붙게 된다. 실패는 그렇게 자신감을 키우고 꿈에 접근하는 현실적인 방법을 깨닫게 해주는 고마운 선생님이다.

그래서 우리는 성공보다는 실수나 실패를 더 귀하게 여겨야 한다. 실패 없이 이룬 성공은 위태롭기 때문이다. 쇠를 불에 달궜으면 충분히 두드려야 좋은 칼이 되는 것을, 단근질 한두 번에 명품 칼이 완성되었다면 뭔가 잘못되어도 크게 잘못된 것이다.

작은 정성으로 섣불리 성공을 거두려는 것은 욕심일 뿐이다. 거쳐야 할 시간은 충분히 거쳐야 하고 치러야 할 값은 충분히 치러야 한다. '진인사대천명(盡人事待天命)'이라고, 자신이 해야 할 일을 모두 성실하게 끝마친 뒤에야 비로소 성공의 열매를 기대하는 것이 인생의 순리다. 실수나 실패에 대해 염려하지도 집착하지도 말고, 그저 계획한 대로 꿈을 찾아 성실히 달려가면 된다.

열정이 있고 자신감이 있는 사람은 작은 실수쯤은 자연스럽게 넘길 수 있는 배짱이 생긴다. 또 그렇게 실수를 저지르고 해결하는 과정에서 성공에 한 발짝 다가가는 지혜를 배우기도 한다. 이 때 배우는 지혜야말로 돈을 주고도 살 수 없는 진짜 진주다. 실수를 저지르는 그 순간은 아프고 창피하지만, 거기에는 모든 정성을 기울이고 시간을 투자해서 시도한 도전정신이 깃들어 있다.

몇 년 전, 일본 과학기술청 장관 자문기관의 '21세기 과학기술 간담회'에서 '실패학을 구축하자'는 보고서를 발표한 적이 있었다. 한 우라늄 연료처리 회사에서 일어난 방사능 누출 사고에 대한 시행착오를 계기로 '사고'에 관련된 시행착오 사례를 축적하여 '실패학'이라는 새 학문을 발전시켜야 한다는 내용이었다. 이는 일본인들의 민족적, 경제적 특성을 기반으로 한 내용이지만 '실패에서 배운다'는 오래된 교훈도 있지 않은가.

실패나 실수를 부끄럽게 여겨 자꾸만 숨기려고 한다면 똑같은 실수를 반복할 가능성이 높아진다. 과거의 실수를 철저히 점검하지 않고 덮어두면 반성하거나 잘못된 것을 고칠 수 있는 기회도 함께 묻어버리기 때문이다. 시험에서 틀린 문제들만 모아 오답노트를 만드는 것처럼, 실수나 실패는 뒷날의 완전과 성공을 도모하는 좋은 밑거름이 된다.

우리가 꿈을 찾아 달려가면서 겪게 되는 시행착오는 처음부터 꿈을 꾸고 열정을 키워 도전한 나만의 것이다. 그 과정에서 배운 참된 지혜는 꿈을 이루기 위해 달려가는 최고의 자양분이 될 것이다.

모든 사람이 쉽게 꿈을 이룬다면 굳이 꿈의 중요성을 설파하기 위해 책까지 써야 하는 일은 없을 것이다. 꿈을 이뤄가는 과정이 순탄치만은 않기에 실패도 있고 좌절도 있는 것이고, 이런 가이드북이나 황금나비스쿨 같은 세미나도 필요한 것이다. 그러나 우리는 실패 뒤에 찾아오는 절망 대신 '재도전' 이라는 멋진 기회가 있다.

꿈에 도전했다가 한두 번 실패했다고 해서 절망하지는 말자. 물론 그 과정에서도 온갖 용기를 동원해서 도전하고 어려움을 견뎌냈지만 그것이 최고의 기회는 아니었을지도 모른다. 꿈이 뜻대로 이루어지지 않고 실패를 맛보게 되더라도 더 좋은 기회, 멋진 성공을 만들기 위해 이번 기회는 양보한 셈 치자.

한두 번의 실패에 굴하지 않고 다시 도전하는 사람들에게 기회
는 저절로 열리게 되어 있음을 나는 오랜 시간의 경험을 통해 보
고 느껴왔다. 두려움에 젖어 몸을 숨기고 이제 그만 뒷걸음치고
싶은 마음이 일어나는 순간, 실패는 고통이 되어 나를 습격해온
다. 말 그대로 실패와 두려움에게 먹히는 꼴이 되고 만다. 반대로
담대하게 실패에 맞서는 사람에게는 오래지 않아 성공의 문이 활
짝 열린다. 믿음으로 실패를 이겨내기 바란다.

한순간에 세상을 바꾸는 힘, 감사

황금나비스쿨에서의 교육이 끝나고 마지막에 배우는 것이 "감+사합니다!"이다. '감+사합니다' 란 말은 '감사합니다! 그리고 사랑합니다!' 라는 인사를 짧게 줄인 것으로, 황금나비스쿨에서 만난 친구 서로서로에게, 교육과정에서 만난 선생님에게, 그리고 집에 계시는 부모님께 드리는 최고의 인사가 된다. 듣기에 따라서는 그냥 '감사합니다' 와 별반 다를 게 없지만, 인사를 할 때마다 내 마음속에서는 '감사합니다! 그리고 사랑합니다!' 라고 외치고 있다면 그 인사는 상대방뿐만 아니라 내 자신에게도 아름답고 감사한 인사가 되는 셈이다.

감사하는 삶만큼 풍요로운 것은 없다. 감사하는 마음은 부족하다고 투덜대지 않으니 언제나 즐겁다. 또 작은 것도 나눌 수 있고 작은 일 하나에도 여러 사람이 행복해진다. 또 이미 가진 것들의 소중함을 일깨워주니 어느새 우리를 부자로 만들어준다.

부모님이 이혼을 하거나 돌아가셔서 한 분밖에 안 계셔도 여전히 나를 사랑해 주시는 분이 계시니 감사하고, 여건이 안 좋아 친척집이나 시설에서 지내더라도 학교에 다니며 친구들과 마음을 나눌 수 있으니 감사하다.

주변을 둘러보면 온통 감사할 일뿐이다. 감사하지 못하는 것은 오직 내 마음의 교만일 뿐이다. '왜 내가 이 정도밖에 못 가져야 하지?' 하는 교만한 마음을 버리고 '필요할 때는 언제나 채워주셔서 감사합니다' 라고 마음을 고쳐먹는 순간, 세상은 완전히 다른 곳이 된다. 감사하는 마음속에는 일순간에 세상을 바꾸는 마법의 힘이 숨겨져 있기 때문이다. 날마다, 매 순간마다 감사의 기도를 습관화해보자. 실제로 내게는 감사할 일만 자꾸자꾸 펼쳐질 것이다.

감사만큼 아름답고 즐거운 것이 사랑이다. 세상에 사랑만큼 좋은 것이 또 있을까. 서로 사랑하는 남녀가 만나 가정을 이루고, 아이를 낳아 무조건적인 사랑을 쏟아 붇고, 그 아이는 부모를 사랑하게 된다. 집에서 사랑받으며 자란 아이들은 안으로는 자기 자신을 사랑하고 밖에 나가서는 친구들을 사랑하게 되고 선생님과 배움을 사랑하게 된다. 이렇게 성장한 아이는 자신의 일과 이 사회를 사랑하게 되고, 그 안에서 만난 또 다른 연인과 사랑을 나눠 가정을 이루게 된다.

이렇게 돌고 도는 사랑의 고리는 이 세상 끝까지 영원히 반복될 것이다. 사랑으로 맺어진 사람들은 서로의 상처를 보듬고 성장을 격려하며 함께 나아갈 수 있는 길과 꿈을 만들어간다. 그렇게 꿈이 있고 사랑이 있는 삶보다 더 아름다운 것은 없을 것이다.

누구보다 열심히 사랑하고 누구보다 열심히 꿈을 찾아 달려왔다면 우리는 이미 성공한 사람이고 꿈을 이룬 사람이다. 꿈을 찾고 성공을 향해 나아가는 법을 배웠으니 이제 다시는 길을 잃고 헤매지 않아도 된다.

꿈을 향해 나아가는 여러분의 여정에 밝은 희망의 빛이 비추기를 기원한다. 황금빛 날개를 활짝 펴고 훨훨 날아보기를…….